JN283378

壊れた脳も学習する

山田規畝子

角川文庫
16705

壊れた脳も学習する

目次

第2章 「生存する知」、そして「成長する知」失敗の傾向と対策——73

第3章　障害者に気づく「社会」へ　社会は私の敵？　それとも味方？

第6章 障害を含めた私の未来 白衣への思い、新たに――217

はじめに——高次脳機能障害を生きる

高次脳機能障害《こうじのうきのうしょうがい》。

なかなか耳慣れない障害だと思います。わかりやすく書くなら「高次の脳機能の障害」のこと。つまり、思考や記憶、注意など、人間の脳にしか備わっていない次元の高い機能が、脳の損傷によって失われる障害のことです。

私も高次脳機能障害です。脳卒中《のうそっちゅう》の後遺症です。高次脳機能障害は、脳卒中以外にも、事故による外傷性の脳損傷、自己免疫疾患、中毒疾患などで起こることもあるそうです。

こうした脳損傷の後遺症に、知覚や運動の麻痺《まひ》がありますが、これは進化の進んでいない動物にも見られることで、高次脳機能障害には当たりません。

一〇年ほど前までは、高次脳機能障害など、よほどの専門家でないとわからないし、診断のつかない障害でした。しかし、最近の脳ブームのおかげか、一般の人でもこの言葉を知っている人が増えてきたのは、その障害の当事者である私たちにとっては助かります。

脳を患《わずら》うということ自体、以前は多くの場合、命に関わる一大事であったのですが、昨今では医学の発達は勿論《もちろん》、患者の救急搬送《はんそう》のシステムのおかげで脳に傷を負うということが死に直結することは少なくなりました。その結果、過去に脳に傷を負った経験のある人が身近にも少なからず見受けられます。またテレビタレント、歌手、プロ野球監督など有名な人にも多く、数え上げればきりがありません。

テレビで見ると、皆何事もないような顔をしているではありませんか。かくいうこの私もそのうちのひとりです。多少脚は引きずるものの自分の脚で歩き、話をし、栄養もよく、とても元気です。

私は脳に傷を負いました。もともと脳の血管がもろいモヤモヤ病という難病があり、そのために脳出血を三回起こしました。高次脳機能障害と診断されたのは、三四歳の時の二度目の脳出血後です。そして三度目の出血は、一〇年前、三七歳のお正月で、一五〇グラムという量の出血でした。一度に食べるお肉やお酒の量を想像すれば、たいした量ではないと思われるかもしれません。

しかし、卵三個の重さと同じ量の血が、頭蓋骨《ずがいこつ》内に出たわけです。頭蓋骨というのは閉ざされた空間で、そこに脳の組織がつまっています。その小さな空間に突然に卵三個が押し入ってきたわけです。豆腐のようにやわらかい脳の組織はひとたまりもなく押しつぶされました。

とにかく大急ぎで頭の骨を開き、そのじゃまな血の塊《かたまり》を取り除きました。出てきた血の塊は直径八センチ。普通なら、助からないか、植物状態という状況でした。それが一〇年経った今もこうして原稿が書けるというのは、まさに奇跡《きせき》です。

多くの方に私は「普通の人。なんの異常もない人」と言われます。しかし、私には後遺症という置き土産《みやげ》が残されていたのでした。その主たるものが、高次脳機能障害です。

この障害の症状は、とてもひと言では説明しにくいのです。大脳の損傷は運動障害、視覚障害、聴覚障害、触覚障害などの身体的な機能に障害を生じさせるだけではなく、損傷部位によっては「言語」「記憶」「思考」などの認知能力に障害が起こります。

これだけでは理解しにくいかもしれませんが、普通の人なら、「日常生活において、わざわざ自分で立ち上げようと思わなくても無意識にスイッチが入る機能」とも言い換えられます。条件反射的に自動化されている行動のことです。

例えば、小学校で習った九九や簡単な足し算などは、数字の組み合わせさえ思い浮かべれば「反射的に」答えが出ます。歩くことや座ること、人に会ったら挨拶《あいさつ》するなど、経験によって人間の生活は自動化された機能であふれています。

ほとんど考えずにリリースされる行動とはいえ、これは大脳の機能によるものです。反射的に出る行動は、すべて脳にしまわれた、これまで生きてきて経験したことの記憶がベースになっています。身体が完全に勝手にやっている自律神経などの働きを除き、日常生活動作のほとんどは無意識に大脳の支配を受け、記憶をもとに成り立っています。

高次脳機能障害では、大脳による行動への伝達系統が遮断《しゃだん》されてしまうのです。ですから、「二×二、えっと、なんだっけ？」「歩く時はどっちの脚を出すんだっけ？」と、即座に行動ができなくなります。私の場合は、時計の長針と短針が指し示す意味がわからない時期もありました。新聞を読んでも、一行読むと次にどこに続けばいいのか、わからないこともありました。今でも時に、その傾向が現れます。

もう少し具体的な障害の内容もお話ししましょう。記憶の障害も外から見えない、つかみどころのないものですが、そのほかに「注意力の障害」というのがあります。

例えば、私が自分の少し麻痺のある左手を動かそうと思う時、まず「左手を動かすんだよ」という注意力のスイッチを先に入れておかないと、いきなり「動け」と命令を出しても左手は「？？」となり、動いてくれないのです。健常な人の場合、じつは無意識にか反射的にか、非常に素早く、注意力のスイッチを最初に入れてから運動を始めているのです。

不注意な失敗をする時は、この一連の作業がうまくいっていないのではないでしょうか。例えば酔っ払った時。水の入ったコップを取ろうとして押し倒してしまうなどの失敗は、「手を開いてコップを握る」という注意力のスイッチを入れ忘れていると想像します。

損傷した脳の部位によって起こる不都合は千差万別《せんさばんべつ》で、同じような損傷部位でもひとりとして同じ症状のものはありません。また、昨日できたことが今日できるということでもありません。そのために、「これが高次脳機能障害」と定まった教科書もありません。

医大生時代、そう熱心な勉強家ではなかったせいかもしれませんが、教科書でもこのような言葉を見たことはありませんでした。ですから、この障害に困っている人を取り巻く医療関係者は、日々、患者さんと共に手探りで生活機能の向上を模索《もさく》し、機能回復を考えている状況です。

患者さんは、それぞれにいろいろな理由で、生活の中に不都合を抱えていますが、見た目に障害者であることがわかりにくい人も少なくありません。言葉の理解、表現などに問題があり、コミュニケーション能力に欠け、言いたいことを伝えられないケースもあります。

高次脳機能障害は受傷直後には医師に気づかれにくいうえ、家族もわからず自分だけが困りながら、何年もどうしたらいいのかわからずにいるケースもあります。怪我《けが》や脳卒中をした時に救命してくれた医師は、生命《いのち》が救われ、生命維持が安定して行われるようになると、何カ月かに一度検査をする程度で、実際の生活で患者が困っていることを細かく聞いたりすることもなくなります。かといって、病状も安定した患者のリハビリテーションを引き受けようという医療機関もめったにありません。

とくに事故などで脳に障害を持った患者さんでは、傷害保険の保険金が下りるかどうかという問題もあります。

患者は行き場を失います。結局、不充分な機能のまま家庭に帰され、困難を抱えて生活しながらも、リハビリも受けられないというケースが多くなっています。

高次脳機能障害の患者は、自分が誰でどういう状況に置かれているかなどの自覚があり、知能の低下が軽度なことがかえって災いするのです。

やれるのに意欲がない。

すぐに頼んだことを忘れてしまう。

やろうとしない、ちゃんとしないヤツ……。

そんな誤解をされ、そしりを受けることがあります。自分の状況や起こっていることを理解できますから、自分の障害に苦しんで自殺を図《はか》ったりするケースも少なくありません。

いろいろなところで当事者と家族らによる患者会組織が結成され、精神的に患者や家族を癒《いや》す重要な働きをしています。高次脳機能障害の人は、過去に熟練した技術や知識を獲得している人も多く、プライドが高いこともあるので、障害で機能の落ちた自分を受け入れにくく、抑鬱《よくうつ》状態に陥《おちい》るケースも多いのです。

高次脳機能障害は、見た目にはなんでもない人が、想像もしないような簡単なこともできなかったりする障害です。誰にも起こりうるけれど、みんな知らない障害なのです。

街なかで困っていても気づかれません。動きが遅いのでじゃまにされます。「おかしな人」と片づけられてしまいます。

「社会の認知が低いために社会で生活しにくい身近な障害者」と思ってください。その内容まで詳しくわからずとも、「ああ、そういう障害、聞いたことがあるよ」というレベルでいいのです。ひとりでも多くの人に、こういう障害があるという事実を知ってほしいのです。そして、高次脳機能障害者も共存できる社会になってほしいのです。

そのために、私はありのままの姿を多くの人に見ていただこうと思います。情けない失敗も、怒りも、悲しみも、心の中も、隠さずに綴《つづ》ります。

二十数年前、私は日本一の整形外科医になろうと、昼夜を問わず仕事に打ち込んでいました。今、医者として普通に診療することはあきらめました。それはもっと優秀な先生方にお任せし、私は障害を持った医者として、私にしかできないことを後半生のライフワークにしたいと思います。

＊　＊

この度、『壊れた脳　生存する知』に続く私の二冊目の本『それでも脳は学習する』（講談社、二〇〇七年）に大幅な加筆をし、改題・文庫化するにあたり、同書刊行後に日々の暮らしの中で経験し、高次脳機能障害について考えたことを大幅に加筆しました。また末尾には、一昨年《おととし》の夏に神戸で開催されたリハビリテーションの学会での、セラピストの方々との座談会を収録しました。私が自著の中で幾度か触れている、〝脳の中のもう一人の私〟である「前子《ぜんこ》ちゃん」のことや、私自身の高次脳機能障害の症状とその脳科学的な解説、その症状に対するリハビリの方法、そしてこれからのリハビリテーションに期待されることなどを含め、この座談会はいろんな方からご好評をいただいた、内容の詰まったものです。是非、多くの方に読んでいただきたいと思っています。

本書によって、私たちの社会が高次脳機能障害についてより深い理解を持つようになるなら、これほど嬉《うれ》しいことはありません。

二〇一一年　早春

山田規畝子

文庫版序文　〝未来〟は長くつづく

高次脳機能障害の証言者として

私は今、高次脳機能障害をもちながら生きています。自分の身に起こったことに少しずつ直面し、自分の障害についていろいろなことを知るなかで、その記録を書き留めて人に伝えたいという気持ちから、何冊かの本を書いてきました。

脳の障害についてはすでに何冊も専門的な本がありましたが、残念なことに、障害をもって暮らす人間が、実際にはどんな世界を生き、どんな壁にぶつかっているのかを書いている本には、巡りあえませんでした。

障害をもっている当事者どうしであれば、比較的少ない言葉でも、その背景にある実情を連想することは難しいことではありません。相手の言うことに耳を傾けさえすれば、自分の似たような体験から推し量って、その人の語っていることの意味とか、語りたがっているその気持ちが伝わってくることが多いのです。

しかし、障害をもって生きるということは、その本人だけでなく、その周りにいる人々も含む出来事なのです。障害からくる不思議で困った様々な症状から回復していくためには非常に長い時間がかかるのですが、少しずつであっても、回復が着実に起こるためには、ご本人を含めてその周りにいる人々全体の理解や感情的な支援がとても重要なのです。そしてそのためにも、半側《はんそく》空間無視とか記憶障害とか感情障害などの、高次脳機能障害に特有の症状の実際について、自分がレポーターとなって人に伝えるのが私の役目だと思ったのです。

高次脳機能障害者にとって、聞き手を見つけて自分の思いを語れることは、脳の機能回復にとっても非常に良い影響があります。逆に一番良くないことは、黙り込んで、自分に引きこもってしまうことです。じっとしていることで、脳はその働きをどんどん弱めていってしまうのです。

「透明人間」の悲しみ

脳に張り巡らされている血管の一部が破れて出血し、それが脳の一部の組織を圧迫して潰《つぶ》してしまったというのが、私の場合の脳出血でした。潰れた一部の脳組織がそれまで果たしていた機能を弱体化させ、その結果として、それまで一つのものとして調和して働いていた脳の機能がばらばらになってしまい、今も昔と同じようにできることと、今ではできなくなってしまったことが、私の一つの脳の中に混在している状態になりました。

特に私の場合、脳の損傷による運動麻痺《まひ》に加えて、人間が生まれもって備わっている能力ではなく、子どもが小さいうちから少しずつ学んで蓄積してくる能力、つまり、記憶や感覚を総合的に使って問題を解決したり意思決定をしたりするうえで非常に大事な脳の組織が損傷されました。これが「高次脳機能障害」と呼ばれるものです。脳の機能に敢《あ》えて「高次」という言葉を使うのは、人間が小さい頃から成長とともにこつこつと学習してきた能力が損なわれてしまうということを強調し、他の脳機能障害と区別するためです。子どもが学校や社会で学ぶことは読み書きとか計算だけではありません。人とのコミュニケーションや社会での決まり事を理解して生きる方法も学びます。そうしたことすべてを含めて「高次脳機能」と呼ぶのです。

私がこれまでの本で「壊れた脳」と表現しているのは、文字通り、調和のとれた脳機能が壊れるという意味もありますが、それによって起こること、つまり、この人間社会で他の人と一緒に心安らかに生きるための能力が壊れるという意味もあるのです。すくすくと育った子どもたちなら誰もが学び、培ってきた能力、つまり人との関係で繋《つな》がりながら、働く時は働き、休む時は休む、遊ぶ時は遊べる能力が壊れるという意味です。

そうした脳の機能がうまく働かないとなると、人間社会の中でうまく生きていくことがとても難しくなります。脳の中で起こっていることは、目に見えません。脳の中を他人が覗《のぞ》き込むこともできません。ですから、高次脳機能障害がある人が非常に努力をしてコミュニケーションや社会生活をなんとかこなしているその努力も、目には見えないのです。そうした努力に失敗して、誰の目から見てもその人のすることはおかしくてどこか変だ、ということになってはじめて、ひょっとしたらその人の脳はどこか壊れたところがあるのではないかと想像してもらえるくらい、この高次脳機能障害は目には見えず、またなかなか想像もしてもらえないという苦しさを伴います。

逆に、障害のある本人はそうした失敗をしたくないという思いで生きています。体に不自由があり、そして人とのコミュニケーションもスムーズにできないということは、すなわち社会にうまく溶け込めないということですから、仕事や人間関係に失敗したくない、まともな自分のままでいたいと一生懸命に頑張る人ほど、自分の障害のことを人に気づかれないように、毎日、努力しながら生きています。

でも現実には、そうした人たちの大半はその試みに失敗してしまうことが多いのです。私にはそれが「透明人間」のような生き方のように思える時があります。高次脳機能障害は一見、目には見えないから透明人間なのではなく、まるで障害がないかのように努力して生きようとして失敗してしまう、その人の苦しさこそが目に見えないから、そう思うのです。

障害を抱きとめる社会へ

壊れた脳はしかし、そこからまた「学んでいける力」をもっています。これは私の実感としても、確かにその通りです。最初の本のタイトルにも入っている「生存する知」とは、そのことを指しています。

では、壊れた脳が再び学び始めるためには何が必要なのでしょうか。小さい子どもが真っ白な頭で学ぶことを始めるのとは、だいぶ違うということは想像していただけるのではないかと思います。最初のほうで書きましたように、脳出血によって脳の機能がばらばらになってしまった後、私の脳は、今も昔と同じようにできることと、今ではできなくなってしまったことが、混在している状態になっています。ですから、脳が学ぶということは、何もないところに一つ一つの機能をまた積み直していくということではなく、ばらばらになったところを繋いでいく、ということに近いと思っています。そのために一番大事なのは、その人がこれから生きていく場所や人間たちの中でなければそれは見つからないだろうということです。それは毎日の生活がある所でしょうし、そこに、できれば仕事をする場所という広がりがあればなお一層、いいのでしょう。

私はこれまで、本や講演の中で「毎日の暮らしが最高のリハビリ」だと言ってきました。これは私の実感から出てきたことなのですが、時に、その言葉の意味は毎日の暮らしの中で機能訓練を心がけて続けることだと受け取られることがあって、そこには少し誤解もあると思います。

壊れた脳は学ぶのですが、それは何もかもを元通りに一人で、一つの脳でできるようになるということを目指す「学び」ではありません。障害をもった本人も含めて、家族だったり、隣人だったり、職場だったりする人間関係をどのようにしてつくっていくか、という意味です。これはお年寄りを社会でどう支えていくかという課題とも性質は同じだと思っています。お年寄りや障害をもった人の立場や役割を、いろいろな関わりの中でどのように守り、状況が変わってしまったところはどのように受け入れていけるか。機能訓練でめざす個人の能力回復も、その人に障害があるということを同情ではなく医学的に周囲がきちんと理解し、その人とともに生きる自分たちの状況を受け入れる中で、初めて起こってくるものだというのが私の実感です。

本人の失敗と、そしてささやかではあるかもしれませんが、本人の成功を冷静に見守ることができる人たちの繋がりが広がっていって欲しいと願っています。お年寄りや障害をもって生きている人たちを抱え込んだ社会のほうが、知性的で、懐の深い、暮らしやすい社会なのではないでしょうか。

「お茶会」＝ピアカウンセリングの試み

私は今、地元の高松協同病院で月に一度、ピアカウンセリングをする機会をいただいています。お茶を飲みながらざっくばらんに話しましょうということで、「お茶会」と呼んでいます。「ピアカウンセリング」の「ピア」というのは〝同じ立場〟という意味です。同じような境遇にある人たちどうしで、「日頃気になっていることや不安について語り合いましょう」「あなたの話すことに私は自分の経験を重ね合わせるようにして耳を傾けますよ」という趣旨の会です。

カウンセリングというと、よくものを知った人が、その人を頼ってくる人に対して何かを教えてあげるというようなことを想像する方もいらっしゃるかもしれませんが、それは少しニュアンスが違います。ピアカウンセリングの場合のカウンセリングとは、何かを一方的に教えたりアドバイスしたりするということではなくて、自分が話したり人の話を聞いたりすることによって、自分の悩みを胸の中から外に出し、自分だけではなく別の仲間も同じように体験している問題として考えてみよう、できればその解決の糸口が見つかればもっといいことだろうという態度で会話することです。

急に障害を持った方や、そのご家族の気持ちのフォローをしたいという思いで始めたこのお茶会で分かったのは、自分のせいでこうなったのではないとさえ思うことができないで苦しんでいる方も結構いるということです。「あの時、いつもの時間にうちを出ていたら、あの事故には遭わなかった」とか、「あの日に限ってバイクで出勤した自分が悪かったのだ」とか、自分にはどうしようもなかったことで、ずっと悶々《もんもん》としてしまうのです。

暗中模索でこのお茶会をやっているうちに、患者さんたちの「今」も、この障害に至った「過去」も決して否定しないということが、この会を一緒にやっている相方である植木《うえき》医師と私のスタンスになりました。むしろ積極的に肯定して褒め、ただ生きているということだけでも褒めてその人を肯定するのです。少しでも上向きになっている機能を見つけたら、「すごい、よくなってる！」と褒め、「こんなに頑張りました」と自己申告してもらい、それにも「すごいすごーい」と大絶賛で応《こた》えるのです。どちらかと言えば自慢してもらうことが自己肯定の材料になるので、自慢げな報告は大歓迎です。

お茶会で好きなことを言っていいというシチュエーションを作るのは自己肯定の一つ

の手段なのですが、他人の前では嫌という人は、別室で個別会談をしています。日頃、患者さんの様子を見ている植木医師は、私に個別相談を頼む時は、「今日は元気をあげてほしい人がいるのでお願いします」と言ってきます。

私は、障害を持ったことが何が悪いという開き直りが根底にあるので、少なくとも障害を持った自分が恥ずかしいと思うことはないのです。が、かく言う私も、最後の重症の出血後、お見舞いに来てくれた職場の同僚に、「呂律《ろれつ》が回らず、言葉が分かりにくてすみません」と言った時、「いえいえ、大丈夫、とてもよくわかりますよ」とひと言、言ってもらえたのがとても嬉《うれ》しくて、他人に話しかけることが躊躇《ちゅうちょ》なく出来るようになり、言語機能を衰えさせることなく今日に至ったということをはっきり覚えています。

お茶会でも、「おれ、生きていける気がしてきた」という言葉を聞いたこともあります。私自身、毎回出たとこ勝負で会話を楽しみ、さらに高次脳機能障害の本質や色々な横顔を見せてもらいながら、一回一回を大切に、とにかく楽しく、嬉しかったなと思える会にしたいと思ってやっています。

リハビリテーションへの一つの提言

　ところで、日本に今のようなリハビリが輸入されたのは戦後になってからで、その中身にあたる理論や技術は、それ以来、今に至るまでほとんど変わっていないのだそうです。それは私も自分の経験からうすうす感じ取ってはいたことですが、その話を伺った時は、「ああ、やっぱりそうなのか」と思いました。リハビリの理論や技術をいかにして新しいものにしていくかということについては、リハビリの専門家の間でも大きな問題なのだそうですが、私のように自分に障害があり、なおかつ障害を負う以前は医者をしていた、つまり医学教育を受けた人間の目線から見ますと、専門家の問題は専門家だけの考え方や議論の問題なのだろうかと、ふと疑問に思うのです。

　私のテーマである高次脳機能障害についていえば、脳の神経科学という面からある程度のことはわかってきているのですが、リハビリで障害の回復をめざして何をすればよいのかという臨床の話になりますと、ほとんど暗闇の中で手探りするような状態だそうです。脳がどのように壊れると人間の行動がどのように壊れてくるのかということは、ある程度推測はついても、そうした症状を改善させていく方法として何がよいのかがはっきりわからないのです。

先述のように、人間の脳には学習する力があり、学習に適した環境の中で生きていけば、とてもゆっくりとしたペースではありますが、回復に向かって脳は自分を修復していくのです。しかし、そうした脳の学習する力をリハビリの中で活用していくことが、今の状況ではまだうまくできていないということだろうと思います。
一昨年《おととし》に出版しました『高次脳機能障害者の世界』（協同医書出版社）の中で、私は次のように書きました。少し長くなりますが、引用させてください。

「高次脳機能障害者にとってのめざすべきゴールは〝普通の生活を送ること〟ですから、一見何ということもなくクリアできそうなこのゴールが、どんな要素において難しいのかについては、それを実際にやってみないと、生活してみないと問題点の洗い出しはできないと思います。ですから医療関係のスタッフが患者さんの危険回避だけはしっかりと考えるという条件のもとに、なるべく自立した生活を送るということほど、本来のゴールに近づきやすいダイレクトなリハビリはないと感じています。例えば筋肉を何回、何分動かすとか、障害のためにできなくなっている行為を何度も繰り返すといった従来からの訓練だけでは本当のゴールは遥か遠くにおかれたままになるかもしれません。その人が社会と接して、人と接してその人固有の暮らしを取り戻していくことをゴールとするならば、〝普通の生活をする〟ことの練習がなくてはならないと思います。病院のリハビリがあり在宅のリハビリがあるということは現実なのかもしれませんが、そうした区別の背景に一貫して最終ゴールを狙う専門家の人たちの執念が何よりも心強いと思います。リハビリの最終ゴールをめざしたステップ・バイ・ステップの計画には一貫性があって欲しいというのが私の実感ですが、そのためにはすべての仕事を医療の専門家に押し付け、ただ何かをしてもらうという態度で待っているのではいけません。リハビリとは本人は当然のこと、本人が生きていくことに関わる皆が協力してはじめてやれることだと思います。」

リハビリが「普通に暮らす」ための練習であるなら、そのためには、日常の暮らしのことを改めて丁寧に分析していくことが、まず一番大事な取り組みだろうと思います。脳の働きに問題がない人から見れば、普通に毎日の生活をすることは非常に簡単なことのように思えますが、脳が傷つくことでいったん普通の暮らしができなくなってしまった人間にとっては、当たり前とか普通と思えることが、とてつもなく難しいものに変わってしまいます。ですから、まず、当たり前のことをするためには脳のどのような働きが欠かせないのかということを、改めて知る必要があります。

障害をもつ人が日常生活の中で失敗する様子を、「障害があるから失敗したのだ」というように漠然と曖昧《あいまい》に捉《とら》えるのではなく、日常生活に必要などのような局面が脳の損傷のためにやりにくくなっているのかというように、原因を突き詰めることが大事だと思います。

これは私がずっと切実に思ってきたことなのですが、障害をもつ本人、その関係者、そしてリハビリの専門家が一緒に何泊か合宿をして、生活の分析を徹底的にやってみる、というような試みがあってもいいのではないでしょうか。高次脳機能障害をもつ本人は、専門家や家族、関係者の人たちに対して、それこそ我が身の有様をもってたくさんのことを教えてくれるのではないでしょうか。これは障害者が実験台になるという意味ではありません。合宿を共にしている人たちが、それぞれに自分のできることを互いに見せ合いながら、自分たちが共に生きていくための方法を見つけ出していこうという提案です。

リハビリはまだまだこれからも進歩していくのならば、そのためにもまずリハビリの足元をしっかり見据える必要があるのではないかと思います。勿論《もちろん》、障害の程度に応じて何ができなくなっているのかということには個人差がありますが、本人や関係者が取り組む問題をできる限り具体的なものにして、大きな問題を、私たちの力でもかろうじて太刀打ちできるサイズにすることの積み重ねが必要だと考えています。私が単に知らないだけかもしれませんが、リハビリがしっかりしたものになり、それを必要としている人たちの力になるためには避けては通れないことが、なぜ、本格的にされていないのかと残念に思います。

この話がリハビリや介護に関わる人たちに対する批判のように受け取られないことを祈ります。自分の障害が回復しないという本人、患者さんの障害を回復させることができないというリハビリ専門家、あるいはクライアントの暮らしを少しでも楽にしてあげるためには何をすればよいのかと考えている介護職の方、こうした人たちがその胸のうちを外に出して建設的なものをつくっていくためには、お互いが主張する間の距離をもっと縮めてみることがあってよいと思います。

先ほどのピアカウンセリングでも、対話する人たちの間の距離感がとても重要な要素になります。その人のすぐそばに寄らないと聞こえないし、見えない。相手も話す気になってくる、見せる気になってくるというような距離の近さがあるのです。距離というのは物理的なものばかりではなく、心理的な相手との隔たりとか近さの感情でもあります。リハビリの次の展開がもしあるとすれば、障害の本人とセラピストや医療関係者の間にも、適した距離感が必ずあると思っています。

ささやかな回復を計る「時計」と「物差し」を

高次脳機能障害をもった人のリハビリのゴールは「普通に暮らすこと」だと書きましたが、「普通に暮らす」ということを、健常者の間では普通のことを障害者でも同じく普通にやれるように、という物差しで考えるなら、そうしたことができなくなっている人間にとっては難しすぎて練習できるものにはなりません。脳はゆっくりと学習していくという意味では「新しい時計」が必要であるのと同様に、難しいことが普通にやれる脳のとても精密な機能が傷ついてしまった人間に合わせて、まず、先ほどの提案のように日常生活行為を細かく観察していくこと、そして本人にとって一歩前進と思える小さな変化を計れる、小さな目盛りのついた「新しい物差し」も必要になります。

一見簡単そうに見える行為のどこに障害をもった人はつまずいてしまうのか、それをよく観察して、そうした新しい物差しをつくっていっていただきたいと思います。

でも、それは障害を持つ本人がやってしまう失敗をいちいち細かく指摘することではありません。障害をもった本人の目標は「普通に暮らしていけるように」ということです。そうした人間を助けていただくためには、障害についての医学的な知識だけでは十分ではなく、非常に遅いペースではあっても、本人が乗り越えることのできた小さなことを計れるぐらいデリケートな物差しを作っていく必要があると思うのです。

私は、リハビリとは究極のところ、想像力の問題だと思っています。その人の失敗を高次脳機能障害の症状と結びつけることは、ある程度の知識と経験があれば誰にでもできるようになるでしょう。けれども失敗とはその人が生きている次元で起こっていることですし、人生に起こっている出来事であるという目で、もう少し時間をかけてその人のことを見るなら、リハビリとしてできることは、もっと増えてくるように思うのです。

第1章

「壊れた脳」、再び

脳が壊れた私の暮らし

鬱《うつ》にもなります。
でも、夜寝る時には、生きていることに感謝します。
それが今の私のアイデンティティっていうか。
私の壊れた脳も、治り続けている実感があります。

壊れた脳とのお付き合い

私は三度の脳出血によって、脳に大きなダメージを受けています。今では、誰でも当たり前にできることを行うことすら、困難なこともあります。

最初に脳出血を起こしたのは、東京女子医科大学六年生の時でした。卒業試験を前にして、後頭部に何かを差し込まれたような痛みに突然の嘔吐《おうと》。幸い医科大学の学内であったため、すぐに処置をしてもらい、手術も後遺症もなくすみました。

しかし、この時にモヤモヤ病（ウィリス動脈輪閉塞症《どうみゃくりんへいそくしょう》）が発覚。脳の主要血管がなんらかの原因で狭窄《きょうさく》、または閉塞し、それを補うためにモヤモヤとした細い新生血管ができる病気のことです。この時の脳出血は、この細くてもろい血管からの出血でした。

昭和六三年、私は東京女子医科大学を卒業しました。その後一〇年ほど医師の経験を積んだあと、三三歳で高松の実家の整形外科病院長になりました。しかし翌年、再び脳出血で倒れ、脳梗塞《のうこうそく》を併発。壊れた脳との付き合いはこの時からです。手術後、「高次《こうじ》脳機能障害《のうきのうしょうがい》」という後遺症に苦しみ、病院では再起不能と判断され、「余生《よせい》はのんびりするように」と勧められるほどでした。おもな障害は、見たものを見たままに脳が分析できない視覚失認、数分前のことさえ覚えられない記憶障害。

当時三歳だった息子と共に、夫と暮らしていた家を出て姉の家の近くに引っ越し、二人暮らしを始めました。まずは日常生活に順応することがリハビリと信じたからです。そして二年後にはリハビリ専門医を志し、現場復帰を果たしました。

ところが、前回出血の三年後、再び脳出血。直径八センチの大きな血の塊《かたまり》が脳内にでき、植物状態になる直前で命を取りとめました。これにより、左半身不全片麻痺《ふぜんへんまひ》、左側に神経が行き渡らない半側《はんそく》空間無視、思いどおりに言葉が発音できない言語障害、注意が行き渡らない注意障害など、以前にも増して多くの後遺症が残りました。

瀕死《ひんし》の出血から一〇年。息子との暮らしの一日一日がリハビリの日々。まだ、左半身に力が入らないし、意識しないと左側に注意もいかないのですが、そのほかの後遺症はかなり軽くなっています。壊れた脳でも、毎日学習していく実感が、いまだあります。

高次脳機能障害と診断されて以来、どう暮らせばいいかと模索《もさく》する中で、あれほど苦しんだ記憶障害、視覚失認も、そのほかの後遺症も自分の一部と受け入れることで、それなりに生きる術《すべ》を学んでいったように思います。

以前の私は、人一倍努力し、なんでも自分でできないと気がすまない人間でした。でも、今ではそんなスーパーなことはできません。「がんばらない、元気出さない」をモットーに、肩の力を抜いていきたいと思っています。そして、縁のある人に支えられつつ、なんとか息子と二人で生活しています。

私たちは機能を「失った」のか？

高次脳機能障害を紹介していただく時、マスコミの皆さんから、「山田さんは三度の脳出血で認知・記憶・注意など、高次の脳の働きを失ってしまったのです」と表現されることが頻繁です。実際の患者さんを見ればすぐに分かることですが、脳を損傷したことで高次脳機能障害者となった人達は、しかし、その機能を綺麗《きれい》さっぱり失ってしまったわけではないのです。

高次脳機能障害という障害を説明することはとても難しいのですが、ひとつ、間違いなく言えることがあります。それはこの障害では、その人がもともと持っていた脳の能力をひとつ残らずなくしてしまうのでなく、どの患者さんにおいても、失った能力は部分的なもので、それも「喪失」というよりは、能力の極端な「弱体化」と言った方が正しい、ということです。

　誰もが普通にできることができなくなるような、甚だしい能力の低下が一部の機能に起こりますから、病気になる前の当人のことを知っている人から見れば恐ろしく、また、何もできない人間になってしまったように感じるかもしれません。しかし能力がひどく低下してはいるものの、能力を失ったわけではなく、その人がその人である理由（アイデンティティ）は、実は、何ら失われてはいないのです。

　ひどくやりにくくなってしまったことも、脳の中にはしっかりと記憶されていて、高次脳機能のすべてがなくなってしまったりはしないのです。損傷を受けた脳の部位によって、いわばマダラに機能が落ちているという状態で、例えば少しばかり忘れっぽくなったからといって、記憶の能力をすべて失ったのではないのです。環境を整え、少しの手助けがあれば、以前やっていたことが同じようにできることも多く、その点では五体満足な健常者より明らかに秀でた仕事をやってのけることも珍しくありません。

　ですから、脳を損傷した経験のある人は出来が悪いと決めつけないでほしいのです。その人が長い年月をかけて会得した仕事の勘やある種の技術など、その人がその人らしい特徴を示しているものは、脳は忘れないで取っておいてくれるものです。

　片手の感覚と運動の能力が低下した私も、整形外科手術の場に助手として立ち、術者がこちらに糸の端をよこしてくれれば、それをぱっと受け取って、「外科結び」という特殊な結び方で、その糸をぐっと縛ることができます。片手は半分、力が入らないので、実際の手術に入れてもらってお手伝いをすることはしていませんが、高校の同窓会の時に、現役の整形外科医をしているクラスメイトが、自分の働いている病院の手術で使い残されていた縫い糸の束をお土産に持って来てくれたので、その本物の外科用の糸で練習をしたことがあります。糸を結んでいる私の手を眺めている映像は、私を、手術場で働いていた瞬間の私に戻していました。私の脳は、ぱっくりと開いた傷の前に連れてこられて清潔な手袋をはめられ、縫う針のついた道具を握らせられれば迷うことなく傷口を縫い始める、という条件反射をしっかりと記憶した脳なのだということがわかりました。

同じように、それぞれの患者さんが、それぞれに自分のやってきたことが染み付き、刻み込まれた脳で生きています。高次脳機能障害者はそういう特徴をしっかり持っていることが多いので、後進の指導や特殊な判断などにおいて、得難い経験を積んだ職業人を、職場の力として再び迎え入れることもできるはずです。

高次脳機能障害者は、自分が誰なのかちゃんと覚えている人間であることをたくさんの方に知ってもらい、それぞれの社会にもう一度抵抗なく迎えていただけるようになると、若者不足の日本のためにも、きっと役に立つと思うのです。

言葉の力

ボーッとしている時に、誰かに「これこれこうだから頼んだよ！」なんて一方的に言われて、あとで「そんなこと知らない！」となることは、誰にでもありがちです。「頼んだよ」と聞いた時に、なまじ「ふんふん」なんて返事をしてしまうのが悪いのですが。

聞いた言葉を、単なる音として認識するだけで、きちんと言語として記憶に残していないと、「何か言われたな」と覚えていても、それはふわふわ消えていきます。そんな時、億劫《おっくう》でももう一度復唱しておけば、聞いたことを言語として認識できるので、記憶にしっかり残るはずです。

それは壊れた脳でも同じです。脳が壊れて、聞いたことを自動的に言語として記憶できない私に、いつからか言葉にして問いかけてくれるもうひとりの自分が、私の中に現れるようになりました。何をするにしても、その「もうひとりの自分」が「これはこうでいいの？」「そうじゃないんじゃないの？」「あの時、頼まれたことにこう反応したじゃない」などと話しかけてくれます。勿論《もちろん》、このやりとりは私の頭の中での出来事です。

その「もうひとりの自分」と話し合ううちに、私の思考は整理されていきます。つまり、私の頭の奥底にしまわれた、脳が壊れる前三十数年間の経験に基づく記憶や知識や判断力が動員され、私にもまともなことを言うことができるのです。

このもうひとりの自分を、「前子《ぜんこ》ちゃん」と名づけました。前頭前野《ぜんとうぜんや》という脳の部分が、そういう働きをするのではないかと、神経心理学者の山鳥重《やまどりあつし》先生に教えてもらったからです。

普通の日常生活を送り、いろんなことが瞬間的に自動で覚えられたり、思い出せたりするように回復していくうち、前子ちゃんは前ほど私に話しかけてこなくなりました。考えをまとめる、意識化する作業を助ける話し相手がいらなくなってきたのでしょう。つまり、壊れた脳が、少しずつ治ってきているようなのです。

それでも、これから年をとっていったら、また時々、前子ちゃんを呼んできて、言葉で物事を整理するようになるのかもしれません。

痙性と体温の関係

脳出血を起こして入院していた時、毎日、決まった時間にベッドで熱を計られていると、おおむね微熱がありました。三七度台がほとんどで、「熱がある」といって発熱者のリストにわけもわからず名前が挙がっているのを見るのはなんとなく気持ちの悪いことでした。誰も説明はしてくれませんでしたが、いつも緊張の強い状態で、時には痙攣《けいれん》まで起こす体ですから、筋肉の過剰の緊張が、多少、体温も上げる傾向があってもおかしくないのかなと勝手に想像していました。

また、処方された抗痙攣剤をフルコース飲めば、体が嫌がるのか、薬を排泄《はいせつ》するために水分が動員されて尿量が増え、やたらにトイレに行きたくなります。喉《のど》はカラカラに乾いて脱水傾向になり、便通も悪化。そして脱水傾向であれば、そのことでまた、多少の体温上昇があっても当たり前です。

ここ数年、平熱は通常三七度三分程度ですが、体の痙性《けいせい》と体温の関係を、一度、主治医に聞いてみなくては、と思っています。体は一部分だけで働いているのでなく、全体として調和を保っているので、自分の体に起こる細かい一つひとつのことがつながっているのではないかと思ったり、ちょっとした不調の解決策を練ったり、私の体はいつも謎や発見を提供してくれるので、飽きることがありません。コナンのようにあれこれ推理したり、少なくとも多数派である健常者とは絶対に違っている自分の体が楽しい、とも思うのです。

もう病人ではない？

アルツハイマー型認知症《にんちしょう》のクリスティーン・ボーデンさんが、その著書のなかで「私を一人前に扱ってくれる人はいるのだろうか」と、不安を吐露《とろ》しています。彼女はオーストラリアの高級官僚で、世界で初めて、当事者の立場でアルツハイマー型認知症の自分の様子を『私は誰になっていくの？』（クリエイツかもがわ）という著書に記した人です。そんな知性あふれる彼女でさえ、そのような怖《おそ》れを感じるのです。

病気の人間、特に脳に障害のある者に対し、介護者の多くはその親切心から、やりすぎてしまう傾向があるように思います。全部見ていなければ、どんな失敗をしでかすかわからない、と言って。

そうして現実社会との直接のつながりを取り上げてしまうのは、極端に言えば、「もうあなたは社会にいらない」って言っていることになるのではないでしょうか。

私自身のことでも、そういう感覚を覚えたことがあります。よかれと思ってやってくださることなのはわかっています。なんでもみんなが先回りしてやってくれるのは楽ですし、ありがたいこともあります。

でも、社会とのコミュニケーションまで代わりにやってくれなくても……。私の壊れた脳は、躁鬱《そううつ》ぎみで被害妄想《もうそう》でとんちんかんですが、気持ちとか心は普通にあります。だから、そうした好意が、時に無神経に感じられることもあるのです。

六年ほど前に、そうした悩みや愚痴《ぐち》を編集者へのメールに書いたことがありました。その時の彼女からのメールの返信には、こう書かれていました。

「じゃあ、自分でできるからって言ってみたらどうでしょう？　『できないことは申告するから、その時だけ手伝ってもらえる？』って頼んだら？　もう山田さんは病人ではないのだから」

このメールは、私にとっては大事件でした。

「壊れた脳でも、回復は二年以上続く」と、自著に書き、神経心理学の山鳥重先生が興味を示してくださったのを思い出しました。メールをいただいた時、最後の瀕死《ひんし》の出血からもう四年が経っていました。当時の私の脳では、運動能力はいまひとつです。左側に力が入りにくいので、がんばったところで、たいした運動動作ができないのが原因だったと思います。でも歩くのは速くなり、前ほど転ばなくなっていました。いろんなところに出かけたり、いろんな雑事をこなす力も自信も、かなりついていたと思います。

そういう実感に加えて、「もう病人ではない」と言ってもらったのは、小さな驚きでもあり、入学試験に受かったような嬉《うれ》しさも感じたのです。脳の動きの悪い時も、それなりの時も見てきてくださった編集者の目にそう映っているということは、健常者にかなり近づいてるよ、というお墨つきのような気がして。

二度目の出血の時も、出血後二年過ぎた頃には夫と別居、息子と二人で暮らし、現場復帰していました。病後二年というのはあっという間に過ぎ、自分が回復途上《とじょう》にいることを実感できる期間なのです。が、四年目となると、かなり機能的な状態がわかり、リハビリとしてはゴールに近い、ターニングポイントではないかと思います。

自分の生活上の機能が、四年待てば天と地ほども違うというのがわかります。はた目にも、もう病人くさくなるということは、脳障害の霧の中で前後不覚に陥《おちい》ってさまよっている人の、具体的目標になりうるのではないかと思います。

また、メールのやりとりがあった一年ほど前のことです。私の著書『壊れた脳　生存する知』（講談社→角川ソフィア文庫）が新潮ドキュメント賞にノミネートされ、大賞候補に残ったと、新潮社の方から電話がありました。その時には、その電話があったという事実が、現実かどうかさえ自分ではわからず、編集者に電話で確認したことがありました。その時と比べても、病後四年目の私の意識はずいぶんはっきりしていました。今では六年前よりもさらに、いっそう回復していると確信しています。

ちなみに、残念ながら大賞は逃《のが》しました。でも、新潮社の男性編集者から、「この本は、今の社会に必要な本です。こういう本こそ賞をとらなければいけないと、ぼくは思っているのです」と熱い言葉をいただき、その後の私の生き方の指針となったのでした。

電話の声しか知らない彼に、二つめの人生をもらったように思ったものです。

傷ついた脳は生きている限り回復する

「どんな脳でも学習するんです」

私は、強調してこの台詞《せりふ》を言い続けています。

実際、九死に一生を得た大きな脳出血から一〇年。二年ごとに開催される私の大学の同窓会に出席すると、そのたびに「二年前とまるで違う人になっている」と驚かれます。確実にまだ回復している自分を自覚し、ちょっと嬉しかったりもするのです。

基礎体力も、四〇代半ばを過ぎても着々と回復している感じもします。ですから、自信を持って言える台詞でもあるのです。

患者の診断書を書かねばならない医師や、患者とじかに触れるセラピストの方から、「症状固定はいつ頃起こるものか」とよく質問を受けます。当初、二年と答えていたのですが、最近私は「少なくとも五年は続く」と答えています。私が証拠です。しかも、だんだんと答えを長くしていくほか、なくなってきています。

医者やセラピストが求めているのは、結局、『もうここまでぐらいしかよくならないよ』という宣告するのが妥当なのか」ということなのですが、私自身の経験からも、ほかの同病の仲間を見ていても、「傷ついた脳は生きている限り回復する」というのが実感です。

私が障害に押しつぶされそうになった時、息子は「生きていてくれるだけでいいよ」と言ってくれました。この言葉は、私の命の支えです。「どんな家族も皆、本当はそう思っているんです」と脳障害者のご家族が言っていました。「でも、だんだん注文をつけたくなってしまう」とも。しっかりしろとか、これではいけないとか。「人間ってよくばりですねえ」と、そのご家族はつけ加えました。

私は、ポンコツになった自分に対してでさえ、「生きていてくれるだけでありがたい」と思います。「今日も一日、生きていられました。ありがとうございます」と、毎晩手を合わせています。「できればまた明日もお願いしますよ」って。そうおねだりしていられる限り、脳は学習し、回復を続けるのだと信じています。

耳の中の音

自分の耳に聞こえる、血管雑音に少しだけ似ている音……。机に肘《ひじ》をついて、頬づえをついたその手の手首を耳に当てると、動脈の音を聴診器で聞くかのように「こっとんこっとん」と聞くことができます。この音のように律動的で、潮騒《しおさい》のように「さーっ、さーっ」と水が流れるように聞こえるのが、モヤモヤ血管の音です。

新生血管が鼓膜に近いところにできて拍動している時は、手首の脈のコトンコトンが耳の中で勝手にトントンと鳴っている感じで、最初にこのトントンを聞いた時は、耳に蚤《のみ》でも入り込んで鼓膜を蹴《け》っているのかなと思ったぐらい小さな音で、ぴくぴく動いている感じでした。疲労がひどい時、顔の筋肉がぴくぴくしたりするあの感じが、鼓膜の近くで起こっていて、それが音として聞こえている……そんな感じです。

最近では、少し音が聞こえにくいなと思う瞬間があるのですが、どうやら耳の中の「トントン」は、自然の老化現象と関係があるのではないかと想像しています。つまり、老化現象にあらがって、聴覚に関係のある部分の血流を増加するために、まだまだ血管が伸びようとしているのではないか。そう思うと、怖いとか嫌な感じというより、ちょっと頑張ってくれている感じがして、まあ、存分に伸びてくれと思っているのです。

私ももう、どう転んでも四捨五入すれば五〇歳。この歳になっても何かに適応しようとしてまだ伸びようとする組織があるなんて、なんだか嬉しいではないですか。私は脳の血行不良で生まれた子どもだったのですが、その子が医者になる夢をかなえ、子どもを産み、小さい頃好きだった書くことで本を作ってもらう人生を送っているのはモヤモヤ血管のおかげなのだから、同志と思いこそすれ、恨めしいとは思いません。

「そんな時もあるさ」

今の私のいちばんの安心といえば、身体の調子がいいこと。変に頭がふわふわした感じがあったりすると、急に痙攣《けいれん》が始まりやしないか、なんて思います。

脳の活動というのは、入力される刺激にしても、自分の意志に続くなんらかの出力にしても、おおむね電気信号の発生が伝わっていく現象から起こっています。私のように脳に出血による大きな傷があると、そこを中心に、突然脳に過剰な放電が起こることがあり、この現象が痙攣とか癲癇《てんかん》とかいうもので、脳卒中《のうそっちゅう》の後遺症として大変多いものです。

自分のコントロールできないところで脳が不具合に陥ったりすると、意識が低下したりうまく思考がまとまらない頭のまま、「自分で」なんとかしなくてはならなくなります。

自分が主治医であり、自分が看護人であり、自分が介護者ですから、しっかりした状態の「前子ちゃん」に頼って暮らすのが私の宿命です。壊れた脳の中で、かろうじて病前と同じ働きを残している部分にぶら下がって社会生活をしている感じです。

ふらふらと近所のコンビニにひとりで出かけている時に、死に神に肩をたたかれないとも限りません。ヘタクソな転び方をして大怪我《おおけが》をしたり、交差点を渡っている時に痙攣で路上に倒れ、動けなくなって車に轢《ひ》かれるかもしれません。最近のように気温の変化が大きいと、急に血圧が上がって切れはしないか、とか。

それは誰しも同じかもしれませんが、避けることのできない不運な一瞬が訪れはしまいかと思うことはしょっちゅうです。

ただ、母校の東京女子医大の創立者、吉岡彌生《よしおかやよい》先生が「心配しても心痛はするな」と本に書いていたとおり、杞憂《きゆう》でエネルギーをロスしないようにしようと思っています。心配というのは心を配ることですから、私が苦手とする注意という機能を使うこと。これはすればするだけ、私のリハビリにもなるので、どんどんしていい分野です。

でも、心痛は悩んでもどうにかなるわけでない、しようがないようなこと。具体的には、終わってしまった時代のことをくよくよ考えて、後悔を繰り返すようなこと。まだ起きていないことをあれこれ予測して、悲観すること。どちらもストレスになるし、あまり意味があるとも思えません。

講演会で、モヤモヤ病の患者さんに会いました。クラリネット奏者で、アメリカデビューも果たしたすごい方なのですが、「この病気になって、私は過去の自分を振り返ってばかりいました」とおっしゃいました。「山田先生は、違いますね。なんで前だけ向いていられますか」と。

決して違いはしません。私だって、どっと落ち込んだり、くよくよするんです。あの時、違う人生の選択をしていれば……とか。焼き肉をおなかいっぱい食べないと、明日からまたやっていけない、という時もあります。

でも、「そんな時もあるさ」というくらいにしか思わないようにしています。だって自分の人生はこうなるようになっていた人生で、「それが私のアイデンティティ」っていうか。一度だけの、私だけの人生。それ自体を自分が気に入っていたいじゃないですか。

私の脳はご機嫌な時がない

六月。雨続きのせいの頭重感《ずじゅうかん》に悩まされています。いつもの「頭の中で霧が深くなっている」感じで、脳が重たいのです。四、五月は木の芽どきで頭が痛いし、夏は夏で今年も猛暑になるらしく、こんどはボーッとしてきそうだし。「私の脳がご機嫌《きげん》な時はないのか！」と思ってしまいます。

この重苦しい感じを、文字で吐き出したい気持ちは充分なのですが、右脳をつぶされると厳しいな、と思うのはこういう時です。「こういうことをする自分でありたい」というイメージを作るのが下手《へた》になっているので、構想ができないのです。

ある時、同窓会があり、久々にゆっくりみんなとおしゃべりしてきました。開業が軌道に乗った人、稼ぎ先の病院を背負って立っている人、近い将来の大学教授候補なんていう人も二人もおり、二四歳で卒業してから、皆、それぞれのスタイルの医者としてがんばっている様《さま》を目の当たりにしたのでした。

自分なりのスタイルを目指しているのは私も同じなのですが、はたしてちゃんとやれているのか、考えてしまいました。本当にこれでいいのか。私でなければできない医師として、着実に誰かのためになっているのか。

インターネットでも、ずいぶんたくさんの高次脳機能障害の当事者と知り合い、講演会でもたくさんの当事者、家族、施療者《せりょうしゃ》に会い、質疑応答《しつぎおうとう》の場で話もし、直接言葉も交わしました。講演会の頻度はゆっくりしたペースで、身体に負担もないのでいいのですが、それがなんのためになったかと問われれば、ちょっと困ってしまいます。どの講演も数百人の聴衆が集まってくださり、時には大変な遠方から来られる方もあり、恐縮しています。

私は、「高次脳機能障害という状態の人が、あなたの街に普通に住んでいるんだよ」

という事実を、一人でも多くの人に知ってほしいのです。

「あ、そういうの、どっかで聞いたことあるよ」と、みんなに思ってもらうというコンセプトで、原稿を書いたり、講演会に呼んでもらったりという活動を続けているのですが、不安に思い始めたこともまた、事実です。「高次脳機能障害」という言葉も知っていて、近所で講演があれば行ってみたりもする。でも帰って家族に説明できるほどじゃない、結局なんのことだかわからない……。私の周囲の人でさえ、そんな人がけっこう多いのです。

結局、何か脳の病気の先生の話を聞いただけ、ということにならないように、ホームページを開設したのです（http://maido.rocket3.net/kikuko/）。ネットサーフィンをしていて、たまたま入ってきた人でも、ある程度の物知りになってもらおうと、高次脳機能障害を一から説明しておこうという内容です。せっかく接点があった方に、ただ「ふーん」だけで出ていってほしくないというか。でも、初めは「ふーん」でもいいのかもしれないと思ったり。

同窓会に出席して、同窓生たちの医師生活を目の当たりにしながら、自分の医師生活を省みた次第でした。そのせいでしょうか、私の脳が不機嫌なのは。

障害者でいることの自信

講演会でお会いした車椅子の女性は、「お医者さんに聞きたいことが聞けません」と悩んでいらっしゃいました。「どうしたらいいでしょう」と。

医者も人間です。なかには口下手で、充分な説明をしない人もいます。しかし、自分の患者をよくしたくない医者など、本当はいないのです。患者さんの胸につかえていることなら、それもよくしてあげたいはずです。だから、聞きたいことなら、なんでも相談してみれば、きっと話を聞いてくれます。するとその女性は、「山田先生はいいですね。前向きで、楽しそうで、先生ならなんでも言いたいことが言えるのでしょう」と。

前向きになった、バイタリティがある、と人に言われるのは嬉《うれ》しい反面、そんなに立派なモンじゃないですよ、と戸惑《とまど》いがあるのも事実です。単に、障害者でいることに自信がついたせいだと思うからです。つまり、「がんばれない、もうできない」と思ってしまうところまでやろうとしない、ある種の無責任さに救われている自分があるからです。

今でもまだ、自分のできないことを発見するたびにうんざりして、心療内科《しんりょうないか》に通い、抗鬱剤《こううつざい》を飲むことがあります。でも、特別に「明日はいかに生きようか」なんて思わなくたって、死ななければ明日は向こうから勝手にやってきます。息子が一人前になるまで死ぬわけにいかないので、「ただ、死なずにいる」という毎日なのです。

以前、テレビ朝日で、脳卒中後の私の障害やリハビリの様子をドキュメンタリー番組にして放映してくれました。その中で、養老孟司《ようろうたけし》先生が私の著書を評して、「こんな病気になると、人はもう生きていてもしかたないとか思いがちになるが、そういう時にどういう心構えでいればいいのか、この本は教えてくれる」とコメントしてくださいました。

ここまで思えるようになるには、私もいろいろなつらい思いを繰り返しました。着地点が同じなら、途中のつらさはあまり味わわないほうがいいです。つらい思いをしている人は、一足飛《いっそくと》びにこの結論にたどり着いてほしいのです。

幻覚が教えてくれた私の思考回路

これは高次脳機能障害の一症状だと、私は解釈しています。定かではありませんが。

ある時のこと。息子の家庭教師の先生が、「寒くなってきたのに幼稚園生の娘の寝相《ねぞう》が悪くて」とおっしゃいました。そこで、息子が昔使っていた寝袋《ねぶくろ》式の布団《ふとん》があったのを思い出して、翌日、倉庫にしている場所にヘルパーさんと共に探しにいった時のことです。

無造作《むぞうさ》に積み上げてある布団の山を、ヘルパーさんが一枚一枚めくるのを、横に立って見ていました。その時、布団の山の中から、子どもの手がひゅっと出たのを見たのです。指をそろえた、小学三、四年生くらいの手。泥んこ遊びで少し荒れてがさついたような、ちょっと色のよくない手が、ひゅっと。

一瞬、「誰?」と思いましたが、同じところを見ているはずのヘルパーさんは黙って作業を続けているので、「見えなかったんだわ」と思いました。あまりにリアルな手だったので、子どもの友達でも知らないうちにこの部屋に紛《まぎ》れ込んで、出られなくなっていたのではないだろうな、と本気で思ったのです。「もしかして死体になってこの布団の山の中に?」なんて。これじゃサスペンスドラマです。

布団の山を引っかき回す勇気はありません。どうしよう、幽霊か何かだとすると、しかるべきお坊さんなりを呼んで、お経のひとつもあげたほうがいいのか? 幽霊だとすると、それは私に災いをなすものなのか、守ってくれているものか、なんて真面目《まじめ》に考えました。ホラー映画か漫画の見すぎでしょうか。

おそらくこの手は幻覚でしょう。覚醒剤《かくせいざい》が見せるような激しいものではありませんが。普通の人でも、「ん? 何か音がしたような」とか、「何かが目の前を飛んだような」という程度のことはありますよね。

脳傷害では、物を見た時に現実とはまったく違った意味を持つものに見えたりすることが時々あります。それでも短時間で「今のは幻覚だ」と思いとどまれるのが、私たち高次脳機能障害患者の助かるところです。手の治療を専門にしていたことのある私の脳だから、それを子どもの手だと判定したのでしょう。そして、学校から帰る小学生の息子を待っている時間帯だったせいもあるのでしょう。

私がいかにテレビっ子で、どういう思考の回路をたどるかを露呈《ろてい》した出来事でした。

〝幻の手〟を生みだした記憶装置

前節の「幻の手」について、もうひと言。

子どもの手が見えた現象について、目の前にリアルな手が出たということは自分で分かっていて、でもそれは本物ではなく、ただそんなふうに感じただけということも自覚しながら、「何なんだ？　何があったんだ？」としばし混乱している私がいました。

確実にそこにあった物は、倉庫に積み重ねていた古い布団の塊で、そういうものを目の前に見ているという認識がちゃんとあって、自分の状況も分かっていました。ただ、私の脳の中の画像投影装置には、子どもの手が、瞬間、布団の間から出たイメージがはっきりと見え、そういう現象があったという自覚もちゃんとありました。体調が悪かったわけでもないけれど、脳の中でなにかがそうさせるように働いたのだとしか言えません。

そこに現れた子どもの手は、実際に誰のものかはわかりませんが、私がこれまで生きてきた人生の中で見たことのある手だったのでしょう。かつてそれを見た時に、何かの強い印象を伴って強く脳に記憶された手の画像が、無意識に現れてきたのでしょう。それは幻覚と呼べるものか、厳密なところは専門家にうかがわなければわかりませんが、脳の記憶装置の中に何気なく残っていた、たいした意味のない記憶の自発的な再生のようです。

脳に傷を持ってから気づいたのですが、こうしたあまり意味のない断片的なワンカットの映像が私の脳にはたくさん記憶されていて、時々、何かにかき混ぜられたように規則性なく浮き上がってきて、脳裏にパッと映像を結ぶ現象がよくあります。勿論《もちろん》、私のこころの中だけで起こっている現象で、周りの誰にもわからないことです。

よく耳にする「フラッシュバック」という現象なのかどうか、わたし自身はそういう知識をほとんど持ちませんが、自宅で料理している時に、〝渋谷《しぶや》の交差点を渡っていたりする〟のです。その映像も雰囲気も、そこにいた瞬間の自分の気分のようなものの記憶のような気がしています。渋谷の時もあれば新宿の時も、岡山の時もあります。なぜ思い出したのかわかりませんが、それがほんの一瞬のことでも、例えば、「ああ、これは渋谷だ」と自分にははっきりわかるのです。

私の記憶の収納場所には、普段使わない、ある意味ではどうでもいい記憶が本当にいっぱい残っています。私はその中で、亡き父に会って話したりすることもあります。すべて私の脳がやっていることで、何か心霊的な、科学では説明がつかないことではないと自覚しながら、「パパが来てくれた」と笑ってしまうことがあります。

こんなこともありました。以前、転倒して手首を折った時に、大げさに救急車で運ばれたのですが、歩行もでき、意識に問題もなかったので入院させてもらうのも気が引けて、整形外科の診察医に、「シーネ（添え木）を当てて固定していただければ、家に帰って、また、ご指定の日に診ていただきに来ます」と言ったところ、気に障ったらしく、〝医者に指図するのか〟という顔で、しぶしぶ添え木を当ててズルズルに包帯を巻いてくれました。医者は、もう後は自分で治してくださいと、その後の診療を拒否して意地悪をしました。「よし、見事に治してやる」と負けず嫌いが出て、とっとと帰宅したのですが、包帯がズルズルなので、きっちり固定されているべき添え木がどんどんずれてきてしまい、全く固定の意味のない包帯になってしまいました。

病院に行ったことで疲労困憊《こんぱい》したので、自宅のリビングで一人、横になって休んでいたところ少し眠気がさし、眠りかけていると、「それは何や？」という父親の声がしたのです。「コレス骨折した」と返すと、「二関節固定にせんといかんやないか」と、自分がやったのでもない固定を「できとらん」と言われ、「二関節固定なんかしたら家事ができんからしょうがないわ」と、一生懸命、言い訳する自分。もたれていた座椅子の中で、昔、腕枕をしてもらった父親の夢を見てしまったようです。

それにしても、あまりにもはっきりした二人の整形外科治療談義に、はっきりと目が覚めてから、呆然《ぼうぜん》としました。かつて勤めていた女子医大病院を辞めて、老いた父の代わりに郷里の病院を預かるべく帰ってきた時、救急当番医をやった私を一日、黙って見ていて、「間違ったことはやっとらん」と合格点をくれて、院長の職を譲られました。その後も父は私の指導医として、遠巻きに私の仕事を見ていました。その記憶が、お粗末な固定を見て、まず、私の言葉として記憶から再生し、父の言葉としてだめだしが出たわけです。

結局、初診で治療責任を遺棄された私の骨折は、近所で整形外科を開業している幼稚園からの幼なじみにレントゲンチェックを依頼し、きちんとした固定具を作ってもらい、自分では関節の拘縮予防のマッサージをやって、初診医が全治一ヶ月と言ったのを三週間で治し、溜飲《りゅういん》を下げました。

自分の脳の中に記憶されている物や風景を、何かのきっかけで、まるで今、ライブで起こっている出来事のように感じるこうした現象は、まだまだ障害が軽くなっていない自分を突きつけられてうんざりする出来事でもありますが、しばし楽しませてくれる面白い現象でもあります。

燃料切れが怖い

脳は糖をエネルギーにしています。奇妙な言い方ですが、私はそのことを実感として知っています。

童謡にあるように、「おなかと背中がくっつくぞ」っていうくらい、おなかがすく感覚って、誰でも経験があると思います。臓器はそれぞれ、自分の活動に最適のエネルギー源を血液の中から選択的に摂取《せっしゅ》して活動しています。そして脳に取り込まれて燃料になりうる栄養は、唯一糖分のみです。これが低すぎても高すぎても、脳はエンストを起こします。

つまり、糖が活動により消費され、いわゆる血糖値が下がった状態というのは、脳にとって「おなかと背中がくっつく」感じなのです。冷や汗とか生あくびなどが燃料切れの兆候で、放っておくと昏睡《こんすい》を招くこともあります。この低血糖昏睡というのは、高血糖昏睡よりはるかに危険で、命を落とすこともあるのです。

壊れた脳は、壊れた部分を修復したり、自動的、無意識的に処理できなくなった問題を言葉に換えたり、過去の経験に照らしたりと、正常な脳よりも多大なエネルギーを消費しながら活動しているので、低血糖に対してデリケートです。糖分が欠乏してくると身体がしんどくなって、眠くなってあくびを連発して、しまいに冷や汗が出てきます。食料を求める本能が目覚めるのか、なんだか凶暴《きょうぼう》な気分にさえなるほどです。

「キレる」子どもが増えているのは、朝食を抜いている子が多いせい、というまことしやかな説が出てくるのも、こんな理由からです。

人を襲わないまでも、私もおなかがすくと、食べられるものならなんにでも噛《か》みつきたい気分になります。一時期仕事に復帰した時には、白衣のポケットに飴《あめ》やチョコレートをしのばせました。診察室に人目がない時に、ポケットからチョコレートを出してパクッといく。不謹慎《ふきんしん》かもしれませんが、低血糖発作で医師が糖の点滴を受けるのもブサイクだし、よほど皆の迷惑を考えた良心的行為のつもりでした。今でも低血糖発作予防に、失礼だと思っても人前でチョコレートを口に放り込みます。

ダイエットしました

拙著『壊れた脳　生存する知』で、私は「ダイエットなんて脳損傷の患者には禁物」と書きました（第6章「普通の暮らしが最高のリハビリ」の〝回復に必要なもの〟の節）。脳の手術後の安静状態の中で患者さんは始終、何かを食べていることが多くなり、否応《いやおう》なく太ってしまうのですが、前節でも触れたように、脳の回復には多大なカロリーが必要で、その意味では脳にとっては痩《や》せているだけが良いことではないのだから、患者さんの周囲の人はそのことを理解してほしい、という意味で書いたのです。

といいながら、私自身が一〇キロも減量してしまいました。修復中の脳が材料を求めるままによく食べてもいたし、成長期の息子と二人の食卓だと同じような量の食事になり、知らないうちに、一五二センチの決して高くない身長に六〇キロという立派な体になってしまいました。大事に着ていた講演会用の一張羅がきつくなってしまったりもして、これはやりすぎたなと思うに至り、何とか適度に減量せねば、今度はメタボの方で寿命を縮めかねないと思い、ダイエットに挑んだのです。

いわゆる激しい運動は、主治医である義兄にかたく止められています。私の持病であるモヤモヤ病という病気は、出産の時でさえ脳外科医はいい顔をしないばかりか、妊娠したら堕胎を勧めるような脳外科医がいることを知ってしまったので、何でものんきに考えがちな私も、スポ根系の運動は最初からすまいと思っていました。そこで、血圧を上げることなく静かに贅肉《ぜいにく》をなくしていくためには有酸素運動しかないと考えました。

体に蓄積した脂を取るには有酸素運動しかないということは、最近では医師でなくても一般の多くの人が知っています。息子と買ったゲーム機 Wii Fit に有酸素運動のソフトがあるのを知っていたので、それに挑戦しました。

やったのはジョギングのメニュー。有酸素運動にちょうど良い運動のペースをソフトがリードしてくれ、モニターに現れる人や犬の走るペースに合わせて体を動かしていれば、自然に脂肪燃焼がおこるのです。気合が入り過ぎてペースメーカーの犬や人を追いぬいてしまうと運動量が過剰になり、足りない酸素で運動する結果になるので乳酸発酵のエネルギーを借りてこねばならず、ただいたずらに筋肉を疲労させ、筋肉痛になってしまいます。

実際に行うのは、ジョギングというよりは「貧乏ゆすり」程度の運動。体を上下にゆすって少しずつ体温を上げ、脂肪が燃える環境に持っていくのですが、私は三〇分間、続けるようにしました。少し汗ばむ程度に体温が上がってくるように運動するのも目安です。体が温まって汗が出るのは脂肪燃焼が起こったという証拠だからです。ある程度の温度に体温が上がらないと脂肪燃焼は起こりにくいので、保温効果のある衣服を着ておくことも効果的です。

そんな運動を持続的に行い、毎日、数百グラム程度、体重が上がったり下がったりするのを繰り返すうちにだんだん減っていくというやり方で、これだと世間で恐れられているリバウンドというのもあまり起こらないようです。そこで、塵《ちり》も積もれば何とやらで「これはいける！」と確信。在宅の日には暇さえあれば体を動かすことにして、六〇キロあった体重を一年半程度で四九キロにまで落としました。

ただ、脂肪燃焼が効率よく起こり始めると暑くてたまらなくなり、体温調節の際に急激に体を冷やしてしまったりすると血圧を急上昇させるので危険です。その点は、十分にご注意のほどを。

「死」について考える私

冬に三度も脳出血している恐怖感からでしょうか。秋の涼風にあたるだけで、胃が痛んだり、吐き気がすることがあります。うんざりした気分です。

整形外科医をやっていた頃、多くの人に積極的な人、アグレッシブな人と評されていた私が、最近では「死」について考え込むことがあります。

勿論《もちろん》これは、自殺願望などでは絶対にありません。幸い、死にたいと思うことはありませんん。息子が自立して、今の彼の希望どおり医者として生きていけるようになるまでは、絶対に死なないという気持ちは、どんな時でも揺らぎません。

死について考えることというのは、例えば誰かが死んだというニュースなどを見ると、「死ぬ時は、やっともう死んでいいんだと力を抜いて、心臓が止まる瞬間を自分で感じてほっとするんだろうなあ」などという思いです。少なくとも、今の生活に関していえば、季節によって、天気によって、くるくると変わる自分の体調に、疲れている感じがします。

また、自分の責任において、自分のポリシーにおいて「今は絶対死ねない」と思っていて、命をつなぐことにすごく義務感を持っているため、それが疲れにつながっているのかもしれません。ちゃんとやれているかどうかを気にしすぎた子ども時代に戻ってしまいます。大人の物差《ものさ》しで完璧《かんぺき》を求められて育った、私の四十余年の疲れを払拭《ふっしょく》できないヤブ医者の自分に困っているのでしょうか。

だから、なんの気なしにでも、些細《ささい》な落ち度を注意されると本当にこたえます。指摘する人たちは軽い気持ちなのかもしれませんが、こっちは非常に落ち込みます。本当に深刻な人だったら、理性に破綻《はたん》をきたし、自殺や暴力に走ったりするのでしょう。こういう時、得体のしれない自分の強さに、自分で感心します。

「死ぬ」ということは、自らの選択肢に絶対に入っていません。でも、いつか年老いて細胞のひとつひとつが生きるのをやめ、自然な死が訪れるのを想像すると、ちょっと憧《あこが》れのような気持ちになるのです。寿命の尽きる時、私は決して恐怖に駆《か》られず、慌《あわ》てず、「もう充分です」と言ってじっとしていることができる気がします。

勿論、実際、今の私が「もう死ねますか?」と死に神に聞かれたら、「まだです、まだです」と必死に抵抗するとは思いますが。

こんなことを思うのは、息子が私の身長を越え、お兄さんになってきたのを日々見ているからでしょうか。彼が離れて暮らす父親ともうまく付き合い、私の介護もしっかりやれるのを見て感心しているせいでしょうか。猛暑の疲れがたまり、疲労感が強いせいでしょうか。

それでも、まだ仕事をやり終えていない感も強く、すぐに気力を失って病気に倒れる自分は想像できません。

オリックス・バファローズの小瀬選手のこと

二〇一〇年のことですが、オリックス・バファローズの小瀬《おぜ》選手が自殺らしい死を遂げました。息子の学校の兄弟校である尽誠学園《じんせい》の卒業で、本当に良い外野手だった若者が、自分が一番なりたかったであろう職業に就いていながら、そして新婚でもありながら自殺するとはどういうことなのかと、悲しい気持ちでいっぱいでした。

尽誠学園は香川の善通寺《ぜんつうじ》という街の学校で、私自身が病院を開業していた時には、尽誠学園の子どもを診察することもありました。プロ野球に何人も入っている野球名門校で、小瀬君も大阪からスカウトされてきた選手でした。山田母子《おやこ》はパ・リーグ、特に日本ハムのファンで、ファイターズの試合は年間の全試合をスカパー契約して欠かさず見ているので、「イチロー二世」と言われていた小瀬選手は敵ながら印象深く、また香川に所縁のある選手であることもあって、悲しくて仕方がなかったのです。

私は一番好きな仕事ができなくなった人間ですし、好きな仕事のできる人生がやはり一番幸せと思うので、小瀬君のように世の中で一番幸せな種の人に自殺なんてあるのかしらと、まだ信じられないのです。私の大学の同級生のうち、医者という仕事に特別の思い入れを持っていた二人が医者になってから早世したということがあって、世の中には生きたくて生きたくて仕方のなかった人もおり、だからといって長く生きられない事実があり、この野球選手が本当に自殺だったなら、ただただ、どうして、という気持ちばかりです。

急ぎなさんな

最近、印象に残ったことでも数日とかで忘れてしまうのですが、何日か経ってまたふいに思い出すことが増えています。

新潟の親戚《しんせき》に雪のお見舞いのメールを打っていて、養老孟司先生の講演のことを思い出しました。養老先生は解剖学《かいぼうがく》が専門で人間の死体を扱うお仕事なので、「死体を目の前にすることに違和感はないか」と聞かれることがあるそうです。養老先生は、「自分も死んでしまえばこうなると思うので、自分と同じものだから違和感はない」とおっしゃいました。

お釈迦様《しゃかさま》の四門出遊《しもんしゅつゆう》のエピソードがあります。城の門の外で出会った老、病、死を見て、自分もいずれ、そうなるのかと知った若きお釈迦様は、道を求めて托鉢《たくはつ》に生きる者に強く感じ入り、それがきっかけで出家をしたというのです。

お釈迦様であれ誰であれ、老、病、死は避けられません。だから早く死にたいなどと思う人がいると、「急がなくても大丈夫。どうやったって必ず死ぬようになってるから、じっと待っていなさい」とお釈迦様は言うのです。

そのために、生きていることが大切なんだよ、と。

死に急ぐ若者、子どもの自殺などのニュースを聞くたび、「そう急ぎなさんな」とつぶやいてしまう私です。

第2章

「生存する知」、そして「成長する知」

失敗の傾向と対策

無理にやる気を起こさない。
失敗しても、それは病気がさせること。
毎日の生活は取り組むべき課題の宝庫。
多少壊れていても、脳は経験を蓄積する天才です。

記憶の外付け装置

人間の行動というのは、ほとんど記憶に基づいています。私は、人間として生きてきた経験の記憶を、脳が壊れてしまった時にたくさんなくしました。歩く時の脚の出し方も、階段の下《お》り方も、ごはんの飲み込み方も。

かなり以前のことになりますが、ある日の夕方、息子を塾に連れていこうと準備万端《ばんたん》に整えて、「でもまだ時間がある」と親子でお茶を飲んでいた時のこと。ちょうど出かける時間が来ているのに、何を思い立ったか、おもむろに立ち上がり、浴室に行った私。なんの迷いもなく、お湯を入れ始めました。

「さ、お風呂入って、さっさと寝よ」

「え、おかあちゃん、塾行くんだよ。ごはんも食べてないんだよ」

おー、そうだった。すまんすまん、息子よ。しかし、その時は自分が今から何をしようとしてたのか、きれいに忘れていました。

そのほか、「あれ、私、何しに来たんだっけ？」なんて、しょっちゅうです。めがねを取らずにお風呂に入り、いきなりシャンプーを始めて、「あら、いけない！」。

そんな私のために、姉が作ってくれた秘密道具があります。私は、脳卒中《のうそっちゅう》のあとに起こしやすくなる痙攣発作《けいれんほっさ》を防ぐ薬を飲まなくてはならないことも、ちゃんと飲んだことも忘れてしまうため、もらった薬を曜日ごと朝夕に分けて、目につくところに置いておくのです。市販の大きなウォールポケットを改良したもので、薬に関しては、これが私の外付け記憶装置として活躍してくれています。

以前は残った薬の置き場を忘れたり、残りの薬をきらしていて、病院に走ったりということもありましたから、これにずいぶん助けられています。

幾重《いくえ》もの記憶の上に人間は暮らしています。それが病気じゃなくても、年齢と共に記憶はままならなくなり、さびしいことです。

「あれ、あのなんとかっていうやつ」

なんて言うようになったら、脳も少し疲れている証拠です。よく眠らなければ。

ゴージャスなうっかりおばさん

物忘れと言えば、最も知られている病態は認知症で、老人ボケが差別的呼称であるとされて認知症と呼ばれるようになってから、随分経ちます。同じようなレベルの話で、私のような、ある意味で外傷性の脳損傷による、若年者の記憶障害などの高次脳機能障害が、医療関係者によってさえ平然と〝若年性痴呆《ちほう》〟と呼ばれていた時代がありました。私が二度目の脳出血で高次脳機能障害を発症した頃は（一三年ほど前のことです）、本を読んでいると、この若年性痴呆という、考えられないほど差別的で無理解な言葉を目にすることがしばしばでした。

その頃から今日に至るまでの間に、高次脳機能障害という言葉は急速に市民権を得ました。該当する患者の急増が主な原因と思いますが、あらゆる角度から高次脳機能障害を考える人々が現れ、老人の認知症のように人格や自己意識（自分は誰かという意識）に崩壊が訪れない物忘れであり、短期記憶（数秒～数分の記憶）が特に消えやすくなるという特徴も分かってきて、高次脳機能障害が認知症と鑑別されるのが一般的になり、若年性痴呆という呼称はまず聞かなくなりました。

世の中には「度忘れ」という言葉もあり、私のように中年の域にかかってくると、自分と同じような年代の健常者たちが、この度忘れに飲み込まれていくのを見ることになります。数年前なら迷いなく口にできていたはずの言葉が喉《のど》につかえたかのように出なくなるという現象の形だけを見れば、そして、高次脳機能障害の場合は人格や自己意識が崩壊するのではないということを考え合わせるなら、高次脳機能障害者の言葉の出にくさは、純粋に年齢的で生理的な記憶障害を指す「度忘れ」に近いと思うのです。

かつては間違いなく知っていたはずの固有名詞やある種の用語が、それを表す概念的なイメージは残っているのに、言葉として思い出せないとか、過去に体験したり記憶していた出来事が脳裏に浮かんでも、それが言葉で表現できない、という種類の記憶障害ですから、イメージが浮かぶのに言葉が出ない高次脳機能障害者の記憶障害は、優位半球の言語野へのダメージの影響が考えられ、重症度に違いこそあれ、一種の失語症的症状と考えられます。

現在、四七歳の私は、度忘れと軽微な失語症とを併せ持つ、「ゴージャスなうっかりおばさん」になりました。かつての仕事の専門用語のうち、患者に頻繁に処方した薬の名前などは比較的しっかり覚えているものの、学術用語などはかなりきびしい保存状態になっています。見たこともない西欧人の名前を冠《かぶ》った手術法、体の変形の名前などは、このままいくと消えてしまうのは時間の問題です。人名、病名などの英単語もかなりきびしく、逆立ちしても出てこないものが結構、多いのです。逆立ちはしないので本当のところはわかりませんが、若い頃、一生懸命に勉強したことがなすすべもなく消えていくのは、昔は知っていたことを自分でわかっているだけに、悔しくてなりません。

最近は、薄れゆく記憶の何かしらの破片のようなものでも残っていれば、それをもとに、マメにインターネットで検索するようにしています。一度は私の脳が知識として収納し、コミュニケーション・ツールとして自由自在に使っていた沢山の言葉……。それらが脳から抜け落ちてしまった後の空っぽの入れ物に、また同じものを補塡《ほてん》しておかないと気が済まないのです。医学用語から、さっきテレビで見た絶頂期を過ぎた女優さんの名前まで、それを補塡したから何になるのかと言われそうなことまで、昔は知っていたものは、その周辺情報などをかき集めて、インターネットから求める言葉を引きずり出すのです。

無くしてしまったパズルのピースを取り寄せてはめ込むように、脳が抱え込んでいた記憶を出来るだけ元の形のように修復しておけば、また元の世界で元の自分のように暮らしていけるという幻想かもしれません。〝物知りきっこちゃん〟であり続けたいくせに、新しい知識を植え付ける自信がないから前に向かって進めず、過去に知っていた言葉をかき集めてみているのかもしれません。

皆が思うほど山田規畝子は元気じゃないってことです。でも、壊れた脳がこんなふうに私と遊んでくれるので、退屈する暇もなく暮らせるのは、案外、有難いことなのかもしれない、とも思い直してみるのです。

映像記憶は苦手

私は昔から、目で見たものの形を記憶するのが苦手で、画像で脳裏に焼きつける、ということがとても不得手だったのですが、三度目の脳出血後は以前にもまして弱くなったようです。目で見たものの形を記憶しないことが、迷子になりやすい原因にもなっています。

日本人なら漢字をまず映像として捉《とら》え、それを文字の意味や読み方とともに記憶するという条件反射が知らぬ間に身についているものですが、文字のくれる印象が脳に残りにくく、こんな記号だと覚えさせられたとしても、記号の形が与えてくれる形は勿論《もちろん》、その意味や連想するものも浮かべにくいのです。こんな感じ、という形の印象も残りにくく、目で見たものを頭の中に既にある記憶と照らし合わせて、「おー、それそれ！」と一致しなければ「わかった」という現象が起こらないので、達筆を気取って書かれた暴れまわったような字や、本当に下手くそで、書いた人の自信のなさまでもが見えるようなミミズ字などの場合、私の脳は「これは文字ではない」と認識してしまい、読むことができないのです。印刷された活字ならたいていは大丈夫ですが、名刺などにありがちな滅茶苦茶《めちゃくちゃ》に小さい字も、脳が字であると認めてくれないので、逆立ちしても読めないのです。

また、普通、目で見た文字や記号は、ほんの数秒でも目の奥に浮かぶように記憶が再生されるので、物を書き写すという作業ができるものです。しかし私の場合、目が見た映像の記憶を脳が保持していられないので、私に何かを書き写せ、というのはかなり難しい作業であることを関係各位に知っておいてほしいのです。「メールアドレスをメールで教えろ」などというのは、〝本当に許して下さい〟という作業です。一方で、同じく名刺に書かれたゴマ粒ほどの活字でも、数字はまだいいのです。というのも数字は読み上げた時の記憶がわりに残りやすく、書き写しも楽なのです。

ほんの一言をメモしておく程度の作業なら、脳が浮かべたイメージが消えないうちに何かを残すひとつの助けにはなります。とはいえ、筆記具を探している間とか、まさにメモすべき情報を筆記している時間のうちに、短期記憶というのはラクラク消えてしまうので、メモという作業は、世間で考えられているほど絶対的な記憶障害の解消手段ではなく、ある場合には、まったく現実的ではない作業なのです。

嫌がる脳

人間の脳には、進化の過程において古い部分と新しい部分が共存しているのはよく知られていることです。古い脳には自分の身を守る機能として、一度危険な目に遭うと、同じ失敗を繰り返さないよう、怖かったもの、嫌だと思ったものに対して、特にそれを嫌悪する記憶のシステムがあります。

例えば火を見れば危険を感じて逃げるとか、酸っぱいものは食べないとかいったことですが、これはあまり発達していない脳でも、同じ状況に遭遇すると理屈であれこれ考え込まなくても条件反射的に危険を回避できる、本能的とも言える危険回避機構です。実際に起こったことの記憶には違いないのですが、それはまさに〝印象の記憶〟であり、「嫌だなあ」という〝感情の記憶〟です。

患者が長期間にわたって続けていかなければならないリハビリテーションにおいて、この「嫌だなあ」とか「不快だなあ」という印象を患者に植え付けてしまうことは、患者がリハビリに意欲を持つことを妨げ、リハビリ室に行くことすら嫌悪する脳にしてしまうという、あってはならない状況を作ってしまいます。ですからリハビリにおいて痛い思いをさせるとか、言葉で罵倒《ばとう》するなどの嫌な思い出を作ることは、厳に戒められなくてはならないと思っています。というのも、私自身、患者としてあちこちのリハビリ室に行く経験をしたのですが、まれに、いたずらに痛みを与える理学療法や、悲鳴を上げる患者をしかりつけ、馬鹿呼ばわりするセラピストの姿も見てきたからです。

長年、壊れた脳とともに暮らしていると、嫌な気持ちを経験させられた記憶は、健常時よりも非常に強く残ります。そんなふうにさせているのは、最も原始的な脳の記憶を焼きつけると言われる「扁桃核《へんとうかく》」という部分の働きであると私は考えています。特に、壊れた脳では、新しい大脳皮質による記憶能力が鈍っている分、全体としての脳は、原始的な皮質を鋭敏化することで代償しているようにさえ思えます。普通の出来事記憶ならかなり薄くなってしまっている一〇年前の出来事も、嫌な思いをさせられたことは昨日のことのように思い出せたり、望みもしないのに記憶が勝手に循環して、定期的に思い出させられたりすることがよくあるのです。

周囲にそういうことを明かすと、「いつまでも執念深く覚えていて性格が悪い。忘れるように努力しろ」などと言われるのですが、頭に浮かぶこと（一般的に言えば「心理」）に関してコントロールがつけられないのも高次脳機能障害のひとつで、性格の良し悪しの問題ではないのです。時に奇声を上げたり奇行に走ったりするのも同じ理由で、本人が悪いのではないということを介護者や周囲の方々には理解していただきたいのです。

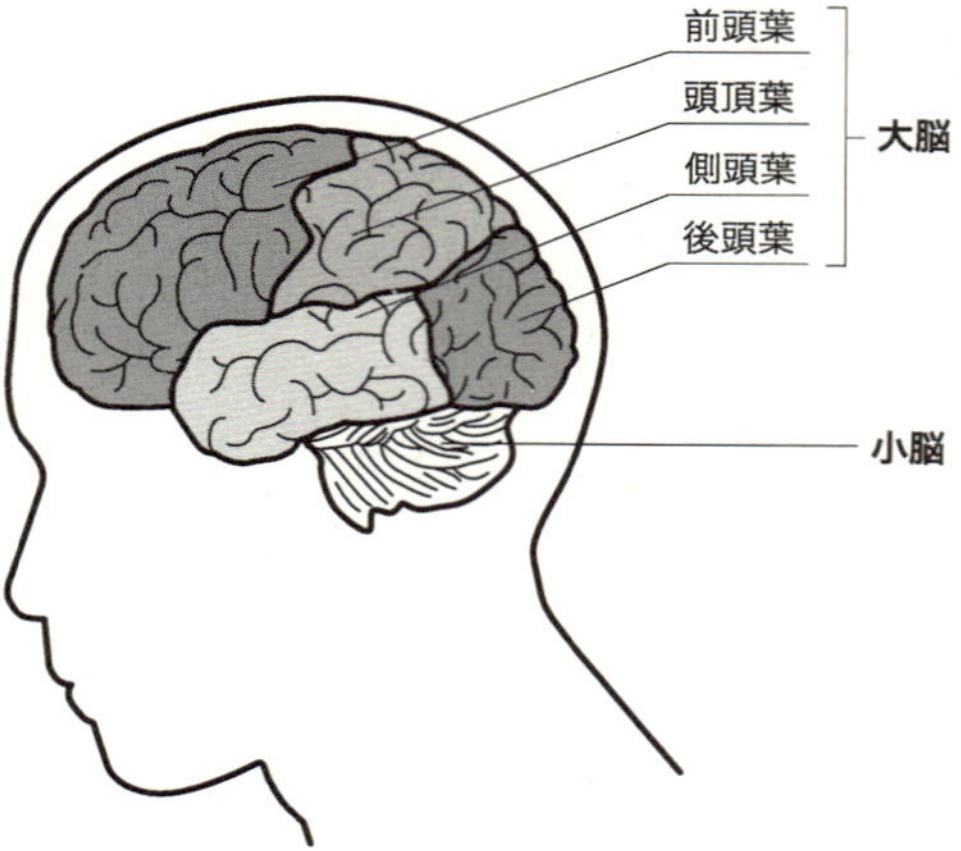

脳は、大脳、小脳、およびそれらに包まれた脳幹から構成されている。本能的な活動、情動、記憶などの中枢を担う大脳は、成人男性で約1350グラム、女性で約1250グラム。「大脳縦裂」によって左右2つの半球に分かれ、その働きによって、それぞれ大きく4つの部分に分けられる。――高橋長雄監修・解説『からだの地図帳』講談社刊より(一部改変)

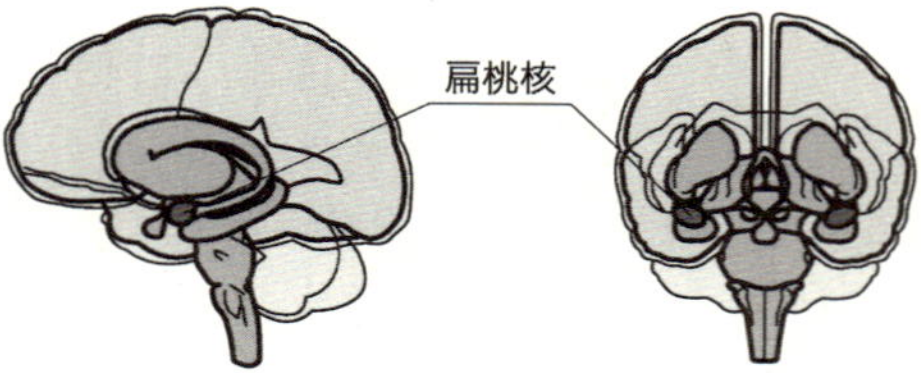

扁桃核の位置。左は脳の側面図。右は正面図。

老人の認知症などと違い、高次脳機能障害では自分が何者かを覚えているケースが多く、新しい脳皮質の理にかなった記憶と、感情の原始的な記憶など古い皮質の雑多な種類の記憶を整理し、それを説明する言語というツールを使って必要に応じて再生する役をしているのが、私が「前子ちゃん」と名付けた理性的な脳の機能ではないかと感じています。

扁桃核をうまく使うコツ

高次脳機能障害の方のご相談にのったり、おしゃべりをしながら、私自身の脳が相談者の方と同じ状況にある時にどうなり、何をしているのかを省みて分析し、発見があったりして楽しい思いをすることもあります。おしゃべりをさせていただくことが、ただ患者さんへの奉仕ということではなく、自分自身の脳が蓄積したものを洗い直したり深く考えさせられたりするきっかけになっていて、とてもありがたいことに思えます。

ある時、相貌失認《そうぼう》がとても強くて、なかなか仕事に就けないという悩みを抱える患者さんに会いました。人の声は覚えられるのに、顔を覚えられないということにかなり苦労をしているご様子でした。

「山田先生にも何度も会っているけれど、今、この施設の中で話をしているという状況が無かったら、街で会っても、顔を見て気付くということはまずないなぁ」

とおっしゃいます。

健忘の中でも、人の顔に関して覚えられない種の記憶障害は案外多く、時々、相談される問題です。認知症でも勿論《もちろん》よくあることですが、比較的若年の成人の高次脳機能障害では就職に付きまとう問題でもあり、実は深刻です。

そこで、私がここ数年、施設長の仕事などもやってきて、決して最初からわかって意図的にやってきたのではないけれど、とにかくがむしゃらに生活している中で得た、顔を覚えるコツをアドバイスしました。

それは、〝ニックネームを付けてみる〟ということです。顔を見た瞬間の印象で、相手に名前を付けるのです。本当の名前とは関係なく、こちらが勝手に抱いた印象の名前です。他の人に言うと、「えーっ、それは違うんじゃない」と言われそうでも、あなたがこの人は「ぶーちゃん」だと感じたら、その感じが絶対優先で、その時にふと感じた印象に名前を付けてください、というアドバイスをしました。またどこかで会った時、名前は思いだせなくても、その人を見て感じる言葉を覚えておけばいいわけです。それは、私自身が相貌記憶のゲームなどで記憶力の訓練をする時にいつも心がけていることで、その〝相手〟に名前を付けるというより、その時の自分の脳が受け取った〝印象〟

に名前を付けるのです。

素敵と思ったか嫌な感じと思ったかも含めて、その人の前に立つと自《おの》ずからその名前が頭に現れるような名前を付けて、自分の心の中でだけその名前を繰り返せば、その人の周辺情報もどんな話をしたかも甦《よみがえ》ってきたりしますよ、とお伝えしました。

これは前節で触れた扁桃核あたりの古い皮質をうまく使おうという試みです。壊れた脳が、「もうここで記憶するのはしんどいです！」と言っている部分に鞭《むち》打って記憶を詰め込まなくても、使えるメモリはもっといっぱいあるのでは、という発想です。ニックネームを付けるという行為は、覚えたい相手の持つ雰囲気や、相手に対して抱いた自分の感情を記憶する、ということのようです。

注意のスイッチ、オン

私は主治医でもある義兄に「きみには左麻痺《ひだりまひ》はない」と言われたことがあります。「お義兄《にい》さん、何言ってるの、左手に物を持っても落とすし、左麻痺はあるじゃないですか」と言いました。すると続けて義兄に、「それは麻痺じゃない、注意障害だ」と言われ、それでもいまひとつピンときませんでした。

前著『壊れた脳　生存する知』の中で、私はそうした自分の状態を「天窓のある部屋にいるよう」と表現したことがあります。高いところに窓があるのはわかるけれど、その中でモヤモヤしてたたずんでいるような感じ、と。そこに、山鳥重《やまどりあつし》先生が解説をしてくれました。「その天窓から注意の光が差し込みさえすれば、通常の行動ができる」と。自分の頭の中の「注意の概念」が急にはっきりした気がしたものでした。

注意障害である自分を、毎日、あっちやこっちから眺め回し、人間が何か行動をする時には、まず注意のスイッチをオンに入れなければならないことを、ある時、実感として知りました。それは、自分でオンにもオフにもできるスイッチです。

例えば、あえて「左の注意スイッチを入れるぞ」と意識すれば、利《き》き手でない左手でも思ったように力が入ります。オレンジやりんごを握って、最大の力を入れてそれを握りつぶそうとする時、「さあ、いくわよ！　せーの」なんて気合《きあい》を入れます。私の場合は、その気合を不全麻痺側の左手を使う時に入れるのです。

しかしスイッチを入れ忘れると、ただ動くだけの手であって、自分の意図する行動のできる手にはなりません。握力計をつかむ時、左手に「これから動くのよ」と言い聞かせると、まるで「利き手は左手で、やりたいように力が入るわよ」と思い込まされるような感じがすることもわかりました。

注意のありかを意図《いと》的に左右どちらかに移動して、そっちが利き手だと思い込ませること、つまり、本来の利き手を失った人や利き手が麻痺した人が、訓練によって利き手を換えることを「利き手交換」というそうです。

これは、脳に障害のある人が行動する時のコツをつかむヒントになるではありませんか。鏡を利用して「利き手交換」をする方法もあるそうです。自由自在に動く自分の右手を鏡に映して見ていると、脳はまるで左手が動いているようにだまされて、左手自身が「自分が右手になった気分」で行動するようになる、というわけです。

実際、ヴィラヤヌル・S・ラマチャンドラン先生という、インド出身のアメリカの心理学・神経科学者もその著書『脳のなかの幽霊』(角川書店)の中で、半側《はんそく》無視を克服する方法として鏡が利用できるのではないかと、その可能性を示唆しています。

私は鏡を利用する代わりに、コンピュータを使ってメールを打つ時も、注意が行きにくい左手に対し、「注意のスイッチ、オン!」と声を出してから始めるようにしています。

「南無阿弥陀仏」でうまくいく

「何かの言葉を、おまじないのようにつぶやくと、痙攣《けいれん》予防の薬でふらついていても覚《かく》醒《せい》度が上がって、転倒などの予防になるように思うのですが、そんなことってありますか？」

と、山鳥重先生にメールで質問したことがありました。私の経験では、つぶやく言葉は念仏《ねんぶつ》でも息子の名前でも、なんでもよかったのですが、何か言葉をつぶやいていると、確かに頭の中がしっかりするのを感じたのです。

山鳥先生からお返事がありました。そのまま紹介させていただきます。

「そのような事実については、あなたこそが専門家で、あなたでなければわからないことだと思います。

でも、昔から宗教は、どんな宗教でも、お唱《とな》えを実行していますよね。精神レベルを上げる有効な手段なのでしょう。小生もここ三〇年以上、一日一回は般若心経《はんにゃしんぎょう》を暗誦《あんしょう》する（声には出しませんが）癖がついています。宗教性とは関係ないのですが、注意集中に有効ですね。あなたが言うように、中身はなんでもいいのでしょう。　山鳥　重」

著名な山鳥先生でも、おまじないをすることがあるんだ、と目からウロコでした。

先日、たまたま書店で買った本にそのメカニズムが書かれていて、同じようなことが気になる人っているんだなあと、ちょっと楽しくなりました。その本のタイトルは『「集中脳」をつくる30の方法』（中経出版）。著者は諏訪《すわ》東京理科大学教授、脳科学者の篠原菊紀《しのはらきくのり》先生で、「自己暗示の言葉を利用する」という項にかかれていました。プロセスはこうです。

まず、なんでもいいからいくつかキーワードの候補になる言葉を決めておく。その言葉を口にしたあと、何か作業をやってみる。「いい感じにできた」と感じる言葉を選んでおく。ここぞという時につぶやくと集中力が高まり、うまくいく――。

私の場合は、薬で眠くてたまらず、脚がもつれるような時につぶやきます。路上で転んで怪我《けが》したりしないで帰れますようにと、「南無阿弥陀仏《なむあみだぶつ》」とつぶやきます。べつに本当に阿弥陀様におすがりする気でもないのですが（多少はあるかも）。

まったく同じ条件の時、「がんばれ、がんばれ、おかあちゃん」とか、「行け、行け、まあちゃん」と言いながら歩くと、脚がきちんと上がってつまずかないのです。

こういう、「必ずうまくいく」という自己暗示のかかった言葉をつぶやくと意識がしゃっきりするということが、科学的メカニズムで説明できるんだ、とその本で知り、とても嬉《うれ》しく、面白く読んだ次第です。

山鳥先生は「精神レベルを上げる」と表現されていました。なので私は「前子ちゃんがしっかりしてくれるんだ」と思っていました。ちなみに、「前子ちゃん」が、私の脳の最も理性的な部分と教えてくださったのも山鳥先生です。

私の脳の主たる損傷部位の頭頂葉《とうちょうよう》の重要な役目が「注意の機能」で、まさにこの集中力と大きな関係のある機能です。私が眠たくなるとやたらにつまずくのは、この注意力の低下が原因なのだとわかりました。

「南無阿弥陀仏などで状況が改善する」という経験的知識も、こんなふうに自己暗示ということで説明できることだったわけです。歩いている時などに調子が悪くなったり、雨風などの自然条件で体調がつらくなったりすると、決まっておかあちゃんの「南無阿弥陀仏」が始まるということを、息子もよく知っていて、そんな時「大丈夫か、おい」なんて言ってくれたりします。

ところで「前子ちゃん」というのは、私が薬や疲れなどでよれよれになっていて、いわゆる「気を確かに持っていない」ような時でも、人知れず働いて私を最悪の事態から守ってくれる、本当に大切な機能です。「南無阿弥陀仏」などをつぶやくのは、「前子ちゃん」をなんらかのメカニズムで活性化させているのかな、というのが私の推測だったのですが、なるほど自己暗示だったのね、と腑《ふ》に落ちました。

定吉くんは高次脳機能障害？

歩行中の注意力維持のため、「南無阿弥陀仏」とか「がんばれ、がんばれ、おかあちゃん」と唱える話を前節で書きながら、「こういう場面ってあったよなあ」と、ふと思い出しました。落語の噺《はなし》の一つです。ぼんやり者の定吉《さだきち》くんに、店の旦那《だんな》がお使いを言いつける場面だったと思います。

「定吉、平林《ひらばやし》さんちにちょっとお使いに行ってきておくれ」

なんて言われ、名前を書いた紙を渡されましたが、定吉くん、字が読めません。でも、「平林さん」なんてすぐに忘れてしまいそうです。そこで、忘れないように「平林さん、平林さん」とつぶやきながら歩き始めました。

かなりの距離を歩いたと思ったら、「よう、定吉。お使いかい？」なんて、知り合いに声をかけられ、そのとたん「平林さん」という記憶が、ぱっと消えてしまうのです。

「あれ、おら、どこに行くんだっけ？」

しかたなく何人かの通行人に名前を読んでもらうと、皆読み方がバラバラ。そこで「たいらばやしかひらりんか、一八十のもっくもく」なんて呼びながら探し歩く、という噺。

落ちはさておき、定吉くんはお使いにいくぐらいですから、ある程度の生活動作のできる高次脳機能障害者ではないのか、と思ったわけです。

見た目はどうということもない普通の少年ですが、何かやらせるとぽろぽろと失敗をします。古典落語の舞台となった時代にも、高次脳機能障害者は普通にいたのではないかと想像します。そういう少年にお使いを頼むくらいですから、当たり前だったのかもしれません。

現代のような飽食《ほうしょく》の結果の脳卒中や、交通外傷の脳損傷がなかったとしても、高所からの転落や私のような血管性の難病は変わらずあったのでしょう。ちょっとやることのおかしい人を、冗談めかして「打ち所が悪かったんだな」なんていう表現も使いますし。脳に傷を受けた人は、昔も相当な頻度《ひんど》で社会にいたのでしょう。

抗痙攣剤・抗てんかん薬の話

抗痙攣剤、抗てんかん薬の話を少し。これは脳損傷を負った方にはつきものの薬で、量は人によってまちまちです。

この薬はとにかくきつくて、脳卒中の後遺症としてとても多い痙攣や癲癇《てんかん》（これは傷のある脳が病的に発する過剰な電気信号で、脳の過剰放電です）を抑えるだけでなく、正常な電気信号（つまり情報伝達）まで抑制するので（こういう場合は副作用ということになるのでしょう。主作用と副作用は程度の違いで、もとを正せば同じもの）、なんといっても眠く、起きていても足元がふらつく、思考がまとまらない、息苦しいなどなど、いろんな感じがするのです。

その他にも、内服後の、呼吸もつらくなるくらいにしつこいしゃっくり、客観的ではないけれど抜け毛の増加、過敏性腸症候群など、気になることはたくさんあります。大抵の方にとって気持ちのいいものではないようですが、元々は、急にてんかんの発作に見舞われて自分の体の自由が利かなくなり、高所から転落したり道路上で動けなくなったり、という生命維持上の大問題を回避するために、できるだけ少ない量をということで投与される薬ですが、処方者が常に患者を観察していられない現状では、患者さんが自分で薬の重要性や、自分の薬への反応をよく知っておくことが大事になります。医師がちゃんと説明していないために、患者さんが勝手に止めたりすることが、存外に多いようです。

抗てんかん薬は、眠気が出るぐらいでないと本来の目的のてんかんの予防に確実に効くという保証がなく、いつもふらふら、コックリコックリという生活をしばらくの間は余儀なくされます。私は一〇年前に起こした三度目の出血が大変大きな塊《かたまり》で、そのダメージが脳に残っているために、以前は朝晩の二回たっぷり飲んでいて、苦しくて眠くて困っていましたが、思い切って減らしてもらうたびに、結局はてんかん発作が起こってしまい、発作のせいで転倒も繰り返し、骨折をしたりして救急搬送されていたので、薬を減らす機会を失い、一〇年も飲んでいます。

投与量が多すぎる時には眠いだけでなく、ただでさえ弱った高次脳機能を抑制してしまい、認知機能不全を悪くしてしまうという結果になっていました。ふらついて転ぶだけでなく、食事中にあやまって自分の唇を噛《か》んでしまったり、ということもありました。これは運動機能不全ということになるのかもしれませんが、麻痺《まひ》で麻酔がかかったようになっているので、ブチッと音がするぐらいしっかり噛んでしまったりして、これが何度も続くと、明らかに薬は効きすぎと思われます。口の中で裂傷も起こり、出血もするので、普段の食事にも支障をきたします。

また、効きすぎの時に頭を使いすぎると頭痛が出現します。こういう時は、少し頭を休めて寝るもよし、あまり痛くて気になる時は、一般的な消炎鎮痛剤で改善します。こういう症状はなった人でないと分かりにくく、主治医にも訴えづらいので困ります。

一方、時々「怖いな」という気持ちにさせられる、軽いめまいと吐き気があります。この「気持ち悪い」感じは、発作に先んじて起こることが、今までの経験では非常に多いのです。誰かが近くで見ていてもまったく気づかぬような軽い症状で、自分だけがわかる微細な症状です。抗痙攣《けいれん》剤の血中濃度が下がると、この気持ち悪さに襲われるのですが、そういう時には脳が必要以上に興奮していると思われる状況を避けるようにし、少し安静にするなどのことで、発作をコントロールします。

脳が興奮する時というのは、例えば空腹の状態、歩きすぎ、暖かすぎる部屋、入浴など。交感《こうかん》神経が優位になって、興奮している時も危険です。ドキドキワクワクが高まったり、排泄《はいせつ》をがまんしていたり、脳の刺激物質のカフェインをとりすぎていたりする時などです。過度の筋肉運動、寝不足、イライラ、傷のあるほうの脳が司《つかさど》っている手脚の運動なども、「気持ち悪い〜」の時には避けるようにします。こういう時どうすべしと、多くの医師は教えてくれません。自分の身体の訴える声に耳を澄ますしかありません。

発作が起こると、突然、大地震が起こったように身体が激しく揺れ始め、まず運動系の自由が奪われます。話をしたり起き上がったりすることは、一時的にできなくなります。ばったり倒れて、しかも引きつけを起こしていたりするので、周囲の人々は、意識はないものと思うようです。

しかし私の場合、癲癇、痙攣発作で意識は失われません。目はその一部始終を見ています。突然、身体が揺れたかと思うと、眼前に地面がだんだん近寄ってくるなどの状況を、本人はスローモーションの映像を見ているようにちゃんと認識しています。近づいてくる地面、迫ってくるお風呂の水面……。かなりあとまで記憶はあります。患者に意識がないと思うと、つい患者の悪口を言ったりする癖《くせ》のある医療従事者は要注意です。患者は聞いていますし、覚えています。

ところで、薬の使用量は体重あたりで決定するのが普通です。そこで、先にも触れましたが、一念発起して、少し体重を絞る努力をしたのです。『高次脳機能障害者の世界』という本のカバー写真の段階で六〇キロあった体重を、ここ二年ぐらいで五〇キロ程度にまで落としました。この減量で主治医も薬を減らさざるを得ず、ずいぶん減らしてもらって副作用に関しては相当楽になり、必要最小限の量を維持して生活しているところです。眠気は取れないものの息苦しさがなくなりました。足元のふらつきも前々節の「南《な》無《む》阿《あ》弥《み》陀《だ》仏《ぶつ》」でなんとかなる程度に収まって、表を歩きやすくなりました。転倒の怪我も最近ではありません。

薬で少しぼんやりする感じと、薬がすっかり切れてしまって、ひょっとしたらてんかんが起こるかもしれないという感覚は、先にも書きましたが、長く薬を飲んでいると分かってくるものです。薬をすべて急に止めてしまうのは、てんかん発作の発生を予防するためにはよくありません。基本的には、医師が指示する一日の投与量はその日に必ず飲んで、つじつまを合わせておいた方が良いと思います。

大事なのは、処方された薬の量は必ず守った上で、薬に苦しまないコツを知ることです。てんかん発作の予防は出来ても、まるで高次脳機能障害をひどくしているようにも感じられるこの薬とは、「うまい妥協点」を探るしかなさそうです。

高次脳機能障害者の冬

高次脳機能障害者の体は、何がとはっきり言えなくても、不調だと感じることが多いのです。「脳のご機嫌が悪い」状態ですが、季節の変わり目、特に冬にはそういうことが多いようです。もう長いこと、冬になると調子の出ない脳の壊れた自分に起こっていることについて、少し考えてみました。

温度が下がると、神経の情報伝達速度が遅くなります。末梢《まつしょう》神経に関して言えば、末梢神経の機能検査で神経伝達速度を測るとそのことは明らかですが、中枢神経においても神経の情報伝達が遅くなることはあることだろうと思っています。

私のようにモヤモヤ病で内頸動脈《ないけいどうみゃく》に流れる血の量が少ない病気では、それを代償するために、外頸動脈に流れている血をなんとか分けてもらって、頭の中の血液循環を賄おうとします。この外頸動脈というのは頭皮とか顔などの組織に栄養を運んでいる動脈で、通常、頭蓋骨《ずがいこつ》の外にありますが、モヤモヤ病はこの頸動脈から新生血管が伸びて脳内に入り込み、新しい血液の供給路を作っている、という病態です。

私が自著やテレビのドキュメンタリーの中で、小学生の頃、枕に頭を押しつけていると「サーサー」と血の流れる音がしていたと述べた現象は、外頸動脈の豊富な血液が細い新生血管を通り抜けて脳内に到達する途中で、枕の圧迫でさらに流路が通りにくくなり、血液が流れる音が特に大きく頭蓋骨に響いたため、自分の耳だけに聞こえた音だったのだろうと思います。私のモヤモヤ血管を作っている頸動脈の枝は、私の耳たぶのすぐ前から脳に向かって入ってきています。これは難しい血管造影などしなくても簡単に触知することができます。ここを圧迫しないこと、傷を負わないことなどには、特に気をつけて生活しています。

モヤモヤ病のそうした成り立ちから考えても分かるように、豊富な外頸動脈からの血流は顔面の皮膚や頭皮などで外界の温度に晒《さら》され、おそらくは多くの場合、体温より冷たい血になっていると思われます。頰や耳まできんきんに冷たくなるような冬の日は、首のところでどんなに保温に心がけていても、顔、頭、耳などを通った血が脳内に流れ込むと、立派な頭蓋骨に囲まれている脳もすぐさま冷やされてしまうことは、想像できると思います。冷たい血液の供給を受けた脳の中で、情報伝達の能力が落ちてしまうのも当然だと思いますが、常にぼうっとして眠たく、頭が働かない状況になります。

こうした長年の経験から、寒さを逃れて温かい場所に落ち着くと、すぐにまず温めた自分の手で自分の耳を温めるのが習慣になっています。またイヤーマフラーは、首を温めるマフラーなどとともに、冬に欠かせないお出かけアイテムです。

冬の脳の働きに関しては、もう一つ、前節で述べた抗痙攣剤の問題があります。私の経験では、いくらエアコンに守られた環境にいても、「今日は寒いな」と思うようになる季節には、この種の薬は本人が思うより強く効きがちになるようです。

私のケアマネージャーである薬剤師に聞くと、この種の薬は体の代謝が良い時には肝臓や腎臓《じんぞう》でさっさと処理されて速やかに体外に出ていくのだそうです。体の代謝は外部の環境にも左右され、暑い時期は代謝が高まり、寒ければ低下します。また、患者自身の運動が激しい時は代謝も上がるようです。脳に対する抗痙攣剤の作用も、脳を一生懸命使っている時には減退しやすいのだそうです。代謝が上がっている状態の簡単なイメージは、血のめぐりがよくなっている感じでしょうか。運動をすると全身の血液循環が上がって老廃物を処理する臓器の血のめぐりもよくなり、異物である薬を出してしまおうとする体の働きも活発になるので、作用の早く切れがちな患者は、代謝の上がる夏や運動時には、気をつけなくてはなりません。

逆に、先述のように冬は効き過ぎる傾向があります。フラフラ感が強すぎたり、通常の生活を送るための認知機能がひどく抑制されるような時は、薬を服用する時間の間隔を調節するのも一つの方法です。次の投薬の時間を少し遅らせればよいのです。

薬が効き過ぎて、今、この瞬間にどうしても息苦しかったり、一歩も歩けなくて困るという時は、薬を速く代謝させる方法がいくつかあります。まず、横たわっていること。横になっていれば、起きているより体内の血液が腎臓に流れ込む量が増えて尿を作り出す活動がしやすくなり、体内に過剰に残留しているように感じられる薬も、尿の中に排泄されていきやすいのです。前述のように代謝を高めるのもよいので、入浴して体を温めるのもいいでしょう。

「復活！」

前節で私は、冬という季節のもたらす不都合とてんかん薬の話を書きましたが、その節の原稿を書いたその日の午後に、軽めですが、てんかんの発作を起こしました。

朝一〇時の予約で行きつけの美容室に息子と出向き、日頃、放ったらかしでぼさぼさになっている頭髪をこぎれいに刈りそろえてきたのです。ちょっと疲れたなと思いながらの帰宅途中、外出のせいで薬を飲むのをすっかり忘れ、ファミレスに寄って昼食をとった時に、空腹を我慢していたという下地もあり、ついつい食べ過ぎてしまったのです。満腹状態というのもてんかん発作の発生しやすい条件で（極端な空腹時の低血糖も然《しか》りですが、いろいろな意味でお腹が落ち着かない時はハイリスクなのです）、つまりはてんかん発作の起こる悪条件が揃いつつあったのでした。

タクシーでの行き帰りですから、直接、寒風にさらされたわけではないけれど、屋外では着ていたダウンジャケットを、室内では当然、脱いでいて、長袖《ながそで》Tシャツに手編みのセーターという恰好《かっこう》で寒くないと思っていたのですが、知らず知らずのうちに体は冷えていたのでした。

一般に言う「冷え」という感覚は、私の場合、寒い日、麻痺《まひ》側である「左側」に特に出現します。冬になるとこういう感覚はよくあり、体の方はそんなに寒くてぶるぶる震える感覚ではないけれど、腕だったりお尻《しり》だったり、局所的に、麻痺や半側《はんそく》空間無視で普段は「ない」ような気がしている部分がはっかを塗ったようにスーっとするというか、比較的静かにそこだけが冷たいという感覚が現れるのです。右手で触ってみてもまったく冷たいと思わない状態でも、脳は左手が冷えていると感じる状態。左手だけを冷蔵庫に突っ込んだような冷感です。

今回のてんかんの発作も、自宅で気づいた時には既にそういう状態でした。リビングの床暖房を利かせ、ひざかけを深く掛けて座っていたのですが、気付いた時には、いつも薬の時間と決めている三時を大きく回ってしまっていました。そして昼食を満腹状態まで食べたので、腸が良く動いているのが感じられていました。

床暖房のリビングを出て、「廊下のフローリングは冷たくて不快だなぁ」と思いながらトイレに向かって歩いていき、トイレで用を足し終えた瞬間に、〝こりゃだめだ、始まる〟と思ったので、リビングにいる息子を呼んだのです。

「どうした！」

と言って息子が飛んできたので、

「始まりそうなんでベッドに転がるまで手引いてくれんかな」

と言って、ズボンが半分、下がった状態のまま手を引かれて二、三歩歩いたら、もう痙攣《けいれん》を抑えられなくなっていました。息子が「とりあえずここに横になるか？」というので、持ってきてくれた抱き枕の上に倒れて発作が去るのを待つことにしました。廊下の床が氷のように冷たかったのもあって、横になった途端に痙攣が始まり、私の運動神経はいうことをきかなくなりました。痙攣は五分強程度続き、その間も床が冷たいと文句を垂れていたので、息子は冷静に母を見て、

「今日のは軽いな。意識もしっかりしとるし、ちゃんとしたことようしゃべる」

と言いました。横たわっていても始まらないので、上体を起こそうとしたが、まだ運動神経が自分のものになっていなかったので、結局、もう一度、冷たい床に転がり、「終わるのを待つよ」と言って、再び痙攣の中に身を投じて待っていると、ものの数分で不愉快な痙攣は止まりました。

周りの壁や柱につかまって上体を起こしてみると、今回のてんかん発作は軽かったようで、動き出しも早いものでした。まだきちんと上げていなかったズボンを整えることに成功し、気をよくして柱に抱きついて立ち上がってみたら、それにも成功したので、伝い歩きで自分のベッドに移動して腰をかけ、全量飲めていなかった抗てんかん薬を飲み足し、ベッド横の暖房をつけてぬくぬくと寝床に入ったのです。

そのまま数時間眠ってさっぱりと目覚め、リビングのテレビの前に戻りました。こう

いう時も、かなり昔に流行《はや》ったジョン・トラボルタのようなポーズをとって、

「ふっかつ！」

と宣言したりするので一五歳の息子は苦笑いし、「バカ親っ！」とつぶやくのがいつものパターンです。大きくなったものです。幼稚園の頃は、お母ちゃんをお嫁さんにすると言ってくれたのに……。復活した母は、配達のあるお弁当屋さんに電話をして、その日のディナーにありつけることになり、その一日を生きて終わることができたのでした。

さて、冷たい廊下にはカーペットを敷くべく、生協のカタログで安物を注文しました。改善がなければ学習したとは言えませんから。実はカーペットはめくれあがるので躓《つまず》きやすく、あまり好きではないのです。めくれないように、あらかじめ固定するなどせねばなりません。ただ、実家で転んで壁に頭を打ちつけた経験もあり、気は進まないのですが、家中、安心して倒れこめる床にしておかないといけないのです。そうなると、ベランダに課題が残るのですが。

てんかんの条件

てんかんが起こりやすい悪条件について、少し補足しておこうと思います。てんかんの発作が起きないようにするには、単純に言うと脳、特に傷のある方の脳が過剰興奮状態になってはいけないということが基本です。過剰興奮というのは交感神経優位状態ということで、体が臨戦態勢になるということです。

例えば体が冷えたという情報が入れば、単純に自前の熱で温めなければということになりますから、ますます脳は闘いモードになり、交感神経が興奮します。そこで同時に存在してほしくない悪条件は、既に述べた通りですが、強い空腹です。血糖が下がってしまい、脳を動かす燃料が減ると、何か食べ物を得なくてはならないという戦闘モードに入ります。もし野生動物なら狩りに出かけなくてはなりませんから、交感神経のエンジン全開の状態です。

そこに脳の直接の刺激物質であるカフェインなんかが入ってしまうと、痙攣を起こそうとしている壊れた脳の思うつぼなので、体が冷えたので温かいコーヒーを、なんていうのは恰好いいけれど、あり得ないことです。お腹も落ち着かせて、という意味では熱い味噌《みそ》汁などがいいのでしょう。ところがホカホカの味噌汁で腸管がぬくもると、今度は急に腸管が過剰刺激状態になって軽い吐き気が起こったり下痢がおこったりして、その刺激自体が脳を刺激して直接てんかんを誘発することもあり、「一体、どうしろっていうの！」ということになります。極端な空腹とともに極端な過食もてんかん発作の「お友達」で、お腹いっぱいで、「はーっ」と息をついてげっぷなどした時に、途端に発作が始まるという危険は大きく、食べ過ぎは危険因子上位です。脳としては、お腹いっぱいになったから、さあ動こうという戦闘モードなのでしょうか。

前節でも書いたように、満腹の後、トイレに行って少しすっきりしようとした時に始まっちゃったというのもよくある状況です。トイレに通じる廊下やトイレ自体がひんやり寒いと、今度はそっちでてんかんが呼ばれてしまって……ということになります。トイレは行きたし、てんかんは怖し、と思っているうちに顔面の筋肉がひくひくしてきて、あれあれ始まったというようなことになり、不用意に冷たいフローリングの床に転がって転倒予防したりすると、その床の冷たさが痙攣に拍車をかけて派手な発作になったり、というのは前節でも書いたとおり。拙宅のトイレ前の廊下には、発作の時、一時しのぎで倒れておく目的の絨毯《じゅうたん》を敷いたものの、ふわっと浮き上がって救急病院にそのまま連れて行ってくれる絨毯の開発が待たれるところです。

私の場合、脳出血を起こしたのは一、二月が圧倒的で、寒い冬は、今は外に出る時ではないと、本能的に感じます。冬来たりなば春遠からじですから、そんな時はぬくぬくとしたベッドにもぐりこんで冬眠をきめこみ、ただ春を待ちます。

でも、てんかんの発作は、五〇メートルぐらい軽くダッシュした運動後の爽快感《そうかい》のような ものが残って、暫《しばら》く気持ち良かったりもします。体はかなりパニックに陥るらしく、筋肉痛が残ったりしますが、「シメシメ良い運動になった」と思うのは、いかにもおばさんチックな発想でしょうか。私の最初の本をリライトしてくれた高校時代の親友のフリーライター女史から言われた、「ただでは起きんなあ」の一言を思い出します。

患者が自らの主治医になるということ

患者だけが知っていることの多くは、それを話しても、「それがどうした？」とか、「細かい愚痴が多い」とか言われてしまい、聞いてもらえないことが頻繁です。忙しい診療時間中に、自分の些細《ささい》な訴えなど並べたてるな、という顔をして患者に真実を語らせない医者ほど、患者の自覚症状や患者自身の発見を信用しません。

それは医者をはじめとする医療関係者の大きな問題です。そしてそういう傾向のある医療関係者ほど、私の著作や主張を非難します。

「みんなが医学部を出ているわけじゃないんだから、自分の症状は自分で見つめて主治医になれなんて土台無理だ」と、私の場合は医者という特殊性に基づくもので、誰もがあんな風にできるはずがないというのです。

しかし病気を観察する力は、医学知識の有無だけでは決めつけられないものです。例えば、てんかん発作に向かって調子が悪くなろうとしている時、「これはまずいな。何とかしないと！」と最初に感じる非常に微細な感覚はどこに出現するか。答えは、口腔《こうくう》内です。口の中に収納されている舌が、天井である硬口蓋《こうこうがい》という硬い部分を舐《な》める時の感覚が違うのです。

おかしな言い方ですが、自分の舌が自分のものでない口に納まっているような、自分のものでない口蓋を触っているような感じ。本来、体中でセンサーとして一番デリケートで優秀な舌先の感覚が一時的に鈍っている、ということなのだろうと思います。軽い感覚麻痺《まひ》が起こっているのかもしれません。何時間も嚙《か》みつくして味のなくなったガムを、ただずっと舌先で舐めているように、味覚の情報も触覚の情報もない舌……。

脳がてんかん発作に向かっている時、興奮状態に傾いていくわけですから、予兆として何か激しい症状があるのではないかと思われがちですが、実際のところ確実に、そして最初に起こるのは、この口腔内の違和感です。

自分の体に起こるこの感覚の変化に気づけるようになると、次の発作の時に、無防備に頭部を地面に打ち付けて昏倒《こんとう》するような危険は軽減されます。患者さん自身が自分のことをしっかり見つめる自分の主治医に育っていくというのは、そういうことです。

勿論《もちろん》、ヒントとして事前の情報を入れてあげるのは実際の主治医です。とはいえ、脳卒中の予兆として急に呂律《ろれつ》が回らなくなるという現象（運動麻痺）などは先刻ご承知の脳外科の先生たちでも、口腔内の感覚の微妙な違いにまで日頃の問診が行きわたっている方は少ないだろうと思います。

講演会の質疑応答の時に、多くはリハビリのセラピストの方ですが、「高次脳機能障害の〇〇という症状はどんな感覚なのか、教えて下さい」という質問をされます。自分の担当患者にもたくさんいるのだけれど、患者さんに聞くことがないので教えてほしい、というのです。コミュニケーションの障害の有無にもよる、という事情があることは分かりますが、聞かないのが当たり前、聞くとすれば健常者である医師か職場の先輩か学校の先生、という感じなのです。分かりづらくても患者本人に聞く、ということが行われてこなかったのです。イエスかノーだけでもいいから本人に尋ねる、という発想がなかったのが高次脳機能障害の治療の歴史であることを、最近になってこの世界に首を突っ込んだ私などは、ひしひしと感じます。

私は何も、患者さんに自分の治療を自分でさせることを推奨しているのではありません。そんな悲しい患者は私だけでいい。ただ、自分が受けている治療の理屈、自分に起こっていることを自分で知るぐらいの知識を持たせてあげることはできるはずだと思うのです。拙著『壊れた脳　生存する知』で紹介したパーキンソン病を患うアメリカの俳優、マイケル・J・フォックスさんは、著書『ラッキーマン』（ソフトバンクパブリッシング）のなかで自身の手に出現する不随意運動のことを書いていますが、その表現は実にリアルで繊細です。

病気の詳細について、本当は患者さんの方が、医者やセラピストの知らないことを山ほど知っているかもしれません。自分の主治医は何を訴えても嫌な顔をせずに聞いてくれるという信頼感がなければ、患者はこういうことは教えてくれません。「これは患者が分かるはずのないこと」と簡単に線を引き、自分の仕事を複雑で大変なものにしたくないという医療従事者をよく見かけるのは、寂しいことです。

日常生活は課題の宝庫

息子がまだうす暗いうちに学校に出かけてしまうと、私は手持ち無沙汰《ぶさた》になってしまい、コンピュータのゲームをしたり、ブログに日記を書いたり、簡単な計算問題を繰り返しできるおもちゃに興じてみたり……。自分ひとりのためには、ろくなことをしていません。

しかし、こうやってとりとめのないことをしていると、新しい発見もあるのです。例えばある時、息子に教えてもらったコンピュータのボウリングゲームをやっていて気がつきました。「あ、上手になってきた」と。

何かやっていると、どんな脳でも自分の経験したことを分析して記憶します。そして次にやる時はもっとうまくやれるようになる。これが学習という現象なのですが、「傾向と対策」という、受験生の頃、いつも目にした言葉を急に思い出しました。日常生活をリハビリにすることの意味は、自分の失敗の傾向を認識し、対策を自分の脳で考えることだ、と。

人に考えてもらうのでなく、自分の脳で自分の傾向と改善への対策を考える。それが日常生活で、その「普通の生活」こそがリハビリだと思うのです。

普通の生活は取り組むべき課題の宝庫です。その課題にさらされ続けるうちに、脳は多少傷ついていても、眼前で起こる現象をある種の法則性（傾向）を持って、経験の記憶として蓄積《ちくせき》する天才です。そして、その傾向に脳は対策を見つけます。

それは一連の自然のプロセスであって、本人ががんばったら起こる現象でも、人にどやされて起こる現象でもありません。赤ん坊が、未知の世界に進み出ていく時のように、脳は経験にさらされると自然に学習のプロセスをたどります。

子どもは、誰にも教えてもらわなくても、繰り返し聴いているうちにある種の音声の中に意味を見つけ出して「言語」として処理できるようになり、自分でもそういったツールとして、自分の言葉を創りだすようになります。これは、「ただのよくある学習」なのでしょうが、繰り返し練習の中に「コツ」のようなものを見出していくのは、経験を蓄積して、次に続く行動に変えていく人間の脳の能力、つまり「脳の可塑性」といわれるものを証明している気がします。

前節でも触れましたが、私について、「山田は元々、自身が医者で、医者の友人・親《しん》戚《せき》がたくさんいるという特別な環境にあるから、普通では考えられない回復を遂げていて、誰でもがそうではないだろう」ということをネットで書かれたり、言われたりすることが多いのです。しかし、学習は誰の脳にも起こる現象であることを強調したいと思っています。

高次脳機能障害についての相談会や講演後の質問で「治りますか?」と聞かれた時、リハビリのスタッフは、「元と同じように戻ります」とは決して言いませんし、「どのぐらい戻るかは神のみぞ知るです」ともいいますが、「でも、ありがたいことに、必ず良い方向に変化していきます」「リハビリをする限り、死ぬまで治り続けます」という話をします。死んだと諦《あきら》めたのでなければ良くなり続けるのが高次脳機能障害なのだと私も思い、信じているので、焦らず時間の過ぎるのが待てるのです。

まずは何でもやってみること。脳の学習活動は、脳の持ち主が外界の刺激を受け入れ続ける限り続きます。いろいろな先生に教えてもらったことを総合すると、「刺激を受け入れる状態」というのは「意識」に依存するようです。「意識がある」というのは文字どおり「目覚《めざ》めている、起きている」ということ。まず、しっかりした覚醒《かくせい》があって、意識があって、脳の学習活動はそこから始まるのです。

しかも「よし、やるぞ」という気持ちなども、やはりここ「意識」に始まるようです。低い覚醒で、ぼうっとしてリハビリ室を訪れる患者に、専門職の人たちはてこずることがあるようで、「どうしたら先生（私のこと）のように意欲を持って積極的にリハビリができるようになりますか？」と聞かれることがあります。

しかし、私には私の固有の脳があるので、「私のように」という質問はむだだと思うのです。それは、私が優れているとか優れていないとか、医者だったとか、そんなことはまったく関係ありません。

その脳の持ち主として「その人」を見てほしいのです。その人の生活、背景を観察し、分析すれば、リハビリ医や施療者《せりょうしゃ》の脳も、患者の脳や行動の傾向をつかめるはずです。何を何回、何分間やる、といった訓練を一律にやらせることには、あまり意味を感じません。繰り返し練習しなくてはならない課題は、一人ひとり特有のものです。

サプリメント

普段、私が飲んでいるサプリメントの話を少し。

ご紹介したいのは、あくまでも栄養補助食品です（粒になっていると何でも薬だと思う一般の方が多く、その点は販売元が明確に説明すべきだと思うのです）。補助食品とほぼ同名の健康保険薬も存在しますが、作用において圧倒的にマイルドなのが、健康補助食品の常ではないかと思います。

私が飲んでいるのは魚油とにんにく卵黄。商品としてはＤＨＡとＥＰＡ。脳のためにと思って摂取しているのは、この二つです。

私にはモヤモヤ病という持病があり、これは脳動脈硬化症状の発現が早いと言われているので、血管のメンテナンスと血液の流れの維持のつもりで飲んでいるのですが、日常的に魚を多めに摂《と》っているので、それだけでもいいのかも知れません。一度、専門の研究者の話を聞いてみたいと思っています。

にんにく卵黄は神経伝達物質のアセチルコリンの補給のために飲んでいます。この中でも、ＥＰＡに関しては健康保険薬として病院で処方されるタイプのものもありますが、脳内出血を誘発したのではないかという副作用の報告があり、「日本人は魚を食べているから長生きなのだ」というレベルで活用するためには、食品としてストイックに摂るのがよかろうと思っています。

健康食品ブームの中、一般の方には、「飲んでも意味のないものを買わない」という選択が難しくなっている宣伝合戦を見るたびにげんなりしますが、効果のメカニズムをよく知った上で納得のできるものなら、病は気からという意味において飲んでみてもいいかなと思うものが時にあります。

認知障害にボウリングゲーム、注意障害に禅

発見です。コンピュータでゲームのボウリングをやっていると書きましたが、日々やっているうちに気づきました。これは、私の機能欠損の中心ともいえる視覚の認知障害に効《き》いている、と。

脳卒中後、ずっと目分量《めぶんりょう》で判断するのが苦手でした。距離にしろ、量にしろ、目で見た感じでこれが適当かなという洞察《どうさつ》がダメで、いろんな失敗をしてきました。例えば、もっと遠くにあると思っていた扉に指をぶつけて突き指したり、一歩で飛び越えられると思った水溜《みずた》まりに片足を突っ込んだり。頭頂葉の障害のせいです。

物の位置が捉《とら》えにくいので、離れたところにあるものの位置を推測したりするのはとても難しい作業なのです。いうまでもなく、ボウリングはボールが向かう方向やピンとの距離を推測することがものをいうゲーム。

しかし、ボウリングのゲームを続けていると、「このぐらいかな」という加減が上手になってきました。スコアは平均で一一〇ぐらい。調子のいい時は一五〇ぐらいが出ます。これは頭頂葉の障害をカバーしているだけでなく、「こんなもんかな？」という勘《かん》を働かせる右脳機能をも刺激していると感じます。

いい大人が、日がな一日コンピュータのゲームにうつつを抜かしているのも格好よくはないのでしょうが、距離感、遠近感がないということのリハビリは、ボウリングゲームのようなものでもできるというのは発見でした。私に限って言えば、ボウリングでなければならない機能の要素として、距離と共に方向があります。頭頂葉障害の大きな問題のひとつだからです。

今はやっていませんが、位置が次々変わる標的を叩《たた》く、もぐら叩きのようなゲームも、自分に残っている距離感覚を鍛えるリハビリになりました。

もうひとつの最近の興味は、やる気のない時、モチベーションのない時に「熱中」という状況を誘導する方法です。「凝《こ》る」とか「はまる」ということは、集中力が高まっている状態であることは周知の事実ですが、禅僧などが瞑想《めいそう》をしている「無」の状態の時も、頭は何も考えていないのに、畳に針が一本落ちる音もちゃんと気づくそうです。つまり、「無」になるというのも、集中の一種なのですね。なんだか矛盾しているようですが。

私のように、注意力を適切に周囲に分配しながら、何かに集中するということの難しい状態（注意障害）では、瞑想することは注意力、集中力をコントロールするとても有用な武器になりそうだと思っているのです。しかも、瞑想すると、免疫力が劇的に高まるそうです。ただし、どう瞑想するかが問題です。瞑想と、ボーッとしているのは、違います。どなたか、教えていただけないでしょうか。

「まっすぐ」は難しい

以前、拙著の中に「車を運転する練習に行った時、クランクは簡単だったけれど直線コースが難しかった」と書いたのですが、ある時、それは何故なのかを尋ねられたので、少し考えてみました。

思い返してみると、上手《うま》く運転できている時の車輪の軌道に関する自分のハンドル操作のイメージは覚えているなあと、運転しながら思っていたように記憶しています。逆に直線コースの時は、自分の認知機能がすべてで、だんだん曲がっていってしまっているとか、寄ってしまっていることに、教官に指摘されて初めて気付くという恐ろしい状態でした。クランクやスラロームの方が、まずは走ってみて、感覚的にこんな感じで膨らんで曲がればいいな、というようなことがつかみやすかったように思います。ハンドルの切り方とかカーブでのアクセルの使い方とか、その時の体のGの感じ方とか、一連の現象がつながりをもって体に染みついていたように思います。

それは人込みをよけながら歩くことなどでも感じることで、人をよけたり障害物をよけたりするのはとても難しい動作だけれど、何もないところをただまっすぐに歩いているより、比較的リズミカルに体をひるがえしながら出来ることのように思います。考え込んだり、足元ばかりを凝視して階段を降りたりするのが難しいのと近いのだろうか、という気がします。よく考えることだけが、スムーズで正確な動作の元になるのではありません。ずっとやってきた体の経験の記憶を信じて、いくらか適当に成り行きに任せるのも、昔はやれていた運動機能を引き出す効果がある、ということなのでしょう。

「むせ」を防ぐ薬の飲み方

傷のある脳による〝天気予報〟では、どうも明日あたり天気が崩れそうな気配……。そんな時は頭が重く、気分が悪く、ちょっとした失敗が多いのです。ものを飲み込む時のむせ返りが多く、鼻の中がつんとしています。

高次脳機能障害者の嚥下《えんげ》困難者がむせるのはどんな時か、何が原因なのか。お茶におぼれそうになってゲボゲボむせながら、「こんなこと解明できるのは私だけかもなあ」なんて思いながら、それがちょっと嬉《うれ》しくてニヤニヤしている私がここにいます。

脳出血で弱くなってしまった飲み込むという反応。口の中に入れたものを飲み込みたい時、咀嚼《そしゃく》という動作が反射を伴ってそれを誘導します。少しずつものを口に入れ、周囲のものが「もぐもぐもぐもぐ」などと声をかけると、噛《か》みやすくなります。そうやって噛みながら、そのうちに反射的に嚥下が起こり、ゴクリと食べ物が飲み込まれていくのです。

では、咀嚼しない液体でむせる場合はどうするか。普通なら、固形物と同様に、少しずつゆっくり口に入れれば、自然な嚥下が起こるはずです。しかし、困るのが薬などを飲む時。薬を飲むには、それなりの量の水が必要で、私はいつもむせ返ってしまうのです。

なんとかしてうまく飲み込めないかと思った私はまず、舌の前方に薬をのせて、タイミングを計って水を飲む方法を試してみました。「えいっ！」とやってみると、多くの場合、水のみが喉《のど》の奥へ消えていき、苦い薬だけがしっかり口の中に残り、ガリッと噛んで「にっがーい！」と思った瞬間水でむせ、大変な思いをしたのです。

こうした時、液体は鼻腔《びくう》にまわり、子どものころ、プールで水が鼻に入ってしまった時のような、つんとした鼻の痛みを感じます。薬を飲むための水におぼれそうになっている自分に、思わず笑ってしまうことがあります。

液体でむせやすい理由は、口に入れた時、自分の意志とはべつに、勝手に喉の奥に流れ込みやすいからです。同じことは、ひと口にたくさん食べ物を入れすぎるケースにもあります。咀嚼が追いついていないのに、たくさん食べ物を口に入れると、口の中での処理が間に合わず、勝手に食べ物が喉に侵入してしまい、むせてしまうのです。

食事中にむせてものを噴出させるのは、周囲に不快感を与えるので、当事者を非常に暗い気持ちにする失敗のひとつではあります。しかし、清潔でない物質（食べ物）が誤って気管に入り、本来清潔でなくてはならぬ肺のほうに雑菌《ざっきん》を送り込んでしまうのを防ぐための、人間としての反応でもあるのです。むせのあることをとがめるのは勿論《もちろん》いけないし、当事者が必要以上に落ち込んでもいけません。よく起こることならば、とっさに吐き出せる大きめのタオルなどを用意しておく習慣にすればいいでしょう。

上手に薬を飲もうと思ったら、食べ物を飲み込む瞬間に合わせて、薬を舌の中央から奥のほうにそっと入れるのが得策です。とろみのあるゼリーなどに薬を加えてみるのもいいかもしれません。私はヨーグルトを愛用しています。

なお、むせた人の背中を叩いたり、揺らすのは言語道断《ごんごどうだん》。今、喉の部分で気管のほうに行こうか、食道のほうに行こうかと危うい一滴がむせを誘発してしまった時、背中を叩かれて、ぽたりと気管側に落ちてしまったら大変です。

「記憶の中の身体」に問いかける

『壊れた脳　生存する知』に書いたベッドからの転落事件以降、腰を強打したせいで馬尾《ばび》神経の一部に麻痺《まひ》が出てしまいました。直腸から肛門《こうもん》に排泄《はいせつ》物を送り出す反射がやられて、便はどうやら順調に下りてきて下腹部は痛いし便意はあるのだけれど、トイレに座ってただ待っていても何も起こらない身体になってしまいました。

普通の人ならただ座っていても自分の肛門がどこにあるのかちゃんと感じていて、力んだり逆に力を抜いたりするタイミングが上手く取れるのですが、脳の中で肛門がどこに行ってしまったかわからない私はいろいろ微妙な調節ができないのでどうしても排便しにくく、便秘にもなりやすいので、毎朝、浣腸《かんちょう》の助けを借りているのです。

ただ、文庫版『壊れた脳　生存する知』（角川ソフィア文庫、二〇〇九年）でも紹介した認知運動療法のセラピストから受けたトレーニングが功を奏して、トイレで座式便器にまっすぐに腰掛け、自分の背骨の一番下に肛門があり、直腸も下腹部から真下に向かって存在し、肛門につながっていることを頭の中でしっかりイメージすることで、この朝の苦労はずいぶん助けられるようになりました。

私の体のイメージの基本になる背骨はまっすぐに座った便器から垂直に上に向かって存在しており、その背骨は天の神様（仏様でもなんでもいいのですが）に一筋の糸で、真上にいつも引っ張られて吊《つ》り下げられることでまっすぐになっている。そんな自分を頭の中でイメージし、頭のてっぺんが天から吊り下げられた時、私の便も迷うことなく重力に引かれて地球に向かって降りていくのです。

肛門周囲の知覚が鈍くなってしまった私の苦肉の策ですが、私と自分の脳の毎朝のコミュニケーションが、私の爽快《そうかい》な一日を作ってくれています。自分の体が脳の中の世界でどんなふうに存在し、どんなふうに生きているかを「記憶の中の身体」に問いながら上手に生活する——こんなあたりに、認知運動療法の極意の一つがあるようです。

左側の自分を思い出すトレーニング

歩きにくい場所を歩いている時、右手で何か周囲のもの、例えば植木の葉っぱの先だけでもちょんと触れれば、自分の重心のあるべき位置が分かり、安定して立っていられるという話を、以前、書きました。今、その〝周囲を触ってみる〟ことを、なるべく不全麻痺の左手でやってみる、という試みをやっているところです。左手は確かに情報が分かりにくく、手すりも握れはするものの、握っているという感覚が不安定で、重心を確信できるほどの安心感がありません。

ところで我が家では、高松という少雨の街に住んでいるのだからという意識で、トイレや植栽の水は、ほぼ全てお風呂《ふろ》の残り湯でまかなっています。二個のバケツを使って、お風呂の水をトイレの貯水タンクやベランダの水ために自力で運んでいるのですが、右手でバケツを下げると、周囲を触って確かめる手はどうしても左手になり、手すりを握るのも積極的に左を使うようにしていると、左手の指の部分に、注意力が集まっている時に「お約束」のあの軽いしびれのジンジン感が現れることに気づくのです（このしびれの感じについては、『壊れた脳　生存する知』の文庫版あとがきの一節〝不思議な体験――「なかったお尻」がよみがえる〟に書いた通りです）。

今は右側が忙しいから、左の感覚にかわりにやっておいてねと責任を負わせると、左の注意が否応《いやおう》なく働かなければいけなくなるのでしょう。左の手すりは持ってもなんとなく怖いので、ついつい避けて右へ寄って行ってしまう習慣がついてしまいますが、せっかく左に手すりがあるなら、少し勇気を出して左の手すりに触りにいくようにしていると、左側の自分を思い出す作用が脳に起こるのではないかと考えています。

ピアカウンセリングと認知運動療法

私が現在、「お茶会」と称するピアカウンセリングを行っている地元の病院は、地域でのリハビリ病院としての機能も近隣の医療機関に広く認識されるようになり、高次脳機能障害患者もコンスタントに病棟に入ってくるようになりました。複数月にまたがってお茶会に参加して下さる患者さんもおり、私の顔や話したことを覚えていて本も読んでくれる当事者や家族も増え、進んで発言してくれたり、前月からの自分の進歩を報告して下さる方も増えてきました。

先ほども触れた認知運動療法を、このピアカウンセリングでも取り入れていて、面白い成果もあるので紹介しておこうと思います。

卒中後に麻痺手が動かず、動いてもぴくぴく動く程度という男性の患者さんが多く、何とかこれが動かないものかというご相談があり、「動かない手を動かす時には、手を睨《にら》みましょう」というアドバイスをして来ました。手をじっと見て、動くんだよと言い聞かせてみましょう、ということです。

あるお茶会でのこと。

「手がどこにあるという認識がはっきりしない状態では、これから手を動かすんだという注意のスイッチが入らないので、何をしたいのかという気持ちが手に伝わらないんです」

そんな説明をしてから、皆で囲んで座っているテーブルの上に、数人の似たタイプの片麻痺の患者さんの手をのせて、「さあ、こんな風に動くんだよ」と目でしっかり睨んで、やりたい動きを念じましょうと言い、「まず、この指から動かしましょう」と、お茶会の相棒である植木医師の音頭で、指の一本ずつを数ミリずつ動かす練習をしてみました。

その前日に他の病院から転院してきた五〇代の脳卒中患者の男性が、言われるままにその輪に入って指を動かしていたところ、すべての指を少しずつ動かすことができ、「入院の時の診察だと全然動いてなかったのに、すごい！　僕は何も触ってないのに魔法みたいだ！」

という植木医師の盛り上げもあって、その患者さんの笑顔を見ることができました。この患者さんは、世間でいえばちょっとコワモテのごっつい感じのおじさんで、車椅子でお茶会の輪に連れて来られた時は本当に深刻な顔をしていて、人知れず涙をぬぐっていたりしたので、「あれあれ、この人をどうして盛り上げようかなあ」と思っていたのですが、案ずるより何とやら、まず手を睨んでもらって大正解。お茶会のテーブルも和やかになりました。

同じアドバイスを私がほかの人に言っているのを聞いて、「動かしたい手をじっと見て声をかけて、〝おい、動けよ〟とずっとやってきて、最近、調子がいいです」とおっしゃる方もいらっしゃいます。

ピアカウンセリングの中で認知運動療法の枠をきっちり作ってやらせてもらう前に、個別相談などにあわせて、一般の方にも出来るだけわかりやすい表現で、何の道具もいらない簡単なものだけですが、〝プチ認知運動療法リハ〟に取り組んでいきたいと思っています。

第3章

障害者に気づく「社会」へ

社会は私の敵？　それとも味方？

どうか、もう少しだけ
「何に困っているのか」ということを
想像してみていただけませんか？
注意しない、手助けしない思いやりもあるのです。

障害のある家族は恥ずかしいですか？

以前、『朝日新聞』の「ひと」という欄に、私の記事が載《の》りました。乱暴に要約すれば、高次脳機能障害の元医師が自らのやり方でリハビリに励み、息子を育て、前向きに生きている。そして、講演活動などを通して同じ障害に苦しむ多くの人を励ましている、という内容です。

この記事に対し、多くの反響があったようです。とくに、障害の残るお子さんを持つ親御さんからは、いろいろなお手紙やメールをいただきました。とてもありがたいことなのですが、気になる表現をなさる方が多かったのも事実です。

その表現とはこんなことです。

「息子も、山田さんのように強い意志を持って病気に立ち向かってくれないものか」

「本人がつらいのはわかるのですが、現状に甘んじているとしか私には見えないのです」

「家の中にこもってばかりいる娘に恥じ入ります」

このようなお便りをいただくたびに、つらい気持ちになるのです。娘さん、息子さんの気持ちが、手に取るようにわかるからです。唯一の味方であるべき家族にまで「恥ずかしい」と思われるなど、私だったら耐えられません。

脳の傷を持った者の症状は千差万別《せんさばんべつ》。誰かと比べることにはなんの意味もありません。やる気のないのは病気のせいで、その方はそのやる気のなさと闘っている最中かもしれません。それを理解してもらえない限り、ご本人の意欲は出ないのではないかと感じます。

私にもやる気が出ない時期がありました。もう、頭から毛布をかぶって、一日ごろごろしていただけです。息子にもなんにもしてあげられません。情けない思いでいっぱいでした。でも、そんな私に対して息子は、「おかあちゃんは生きていてくれるだけでいい」と言いました。その言葉が、どれほど私の支えになったでしょう。

この障害に苦しむ家族をお持ちの方に、一度考えていただきたいのです。息子が、娘が、夫が、妻が、「生きていてくれてよかった」と思いませんか？

家族が「恥ずかしい」と思う気持ちは、本人に伝わります。そのせいで頑《かたく》なにリハビリを拒む方もいらっしゃいます。家族は、自分の物差しではなく、障害に苦しむご本人の物差しを想像してあげることが、いちばんの支えになるのではないかと思うのです。

「加点方式」の社会なら

私は障害を持ったあと、社会の森羅万象《しんらばんしょう》のすべてを敵に回したと思いました。のちに、「ああ、そうでもないな」「世の中、捨てたもんでもないな」と思えるようになるまでは、四年もの時間が必要でした。

「社会は敵」と思ったことのひとつが、リハビリにおける評価です。とにかく減点方式で、あらを探されているような気になったものです。

とくに、一連のリハビリを終えた時に行う神経心理学的検査がそうで、数人の専門家を前に、できない自分を突きつけられるいやなものでした。

ある本の中に、「玄関の掃除のできていないうちの奥さんはできが悪い」というような一節がありました。これもずいぶんひどいなと感じました。

障害のあるものにとって、生活の中でブサイクだと思われるある一部分を取り上げて全部を決められたら、たまらないのです。たいていの場合、健常者の物差《ものさ》しで測れば、健常者よりあらが多いのが障害者です。

「こんないいところもある」「こんなことも」って加点してくれる社会なら、私たちにもできることはたくさんあるのです。

脳は自分を忘れたりしない

私の障害は脳の中で起こっていることです。一見普通のオバサンで、ほかの人からは見えない障害です。「その点において、アルツハイマー型認知症《にんちしょう》の方の立場によく似ている」と、ある時、アルツハイマー型認知症患者の家族会「夕映《ゆうば》えの会」の集会に招かれました。

この高次《こうじ》脳機能障害《のうきのうしょうがい》という障害は、多くの場合、人それぞれで、「必ずこうなる」という規則性に欠けています。その点も認知症と同じです。だからこの障害のことを調べたくても、あまりわかりやすい文献もないのです。

頭の中で起こっている本当のことは、本人にしかわかりません。でも、その本人が起きていることを上手に周囲の人に伝えられなかったら、もうそれは永遠に誰にもわかってもらえない苦しみです。

高次脳機能障害の患者には、話す、聞く、書く、読むなど言語に関する能力に障害がある人がたくさんいます。したがって、患者の多くは自分の苦しみの記録も残せないため、まわりの人が勉強したくても難しいのです。

脳の機能に障害のある人たちは、まず自分自身が自分の障害をよく知ることが重要だと思っています。まずは自分が何ができないのかに気づき、できない現実の自分と向き合うことが、自分のことを客観的に見つめられる自分を確立することにつながります。これが自分自身の主体、自分そのものです。

私は、自分のこの主体を「前子《ぜんこ》ちゃん」と名づけていますが、この主体がしっかりとすることで、脳の機能の調子が悪い時でも自分の現実の状態を自覚することが容易になります。そして、社会生活が楽になると考えています。

認知症の方も、まずはご自分の現実の障害を見つめることが大切だと思います。脳は自分が誰であるかを、簡単には忘れたりはしません。その証拠に、博識《はくしき》だった人はいつまでたっても博識ですし、歌手は歌うことを、スポーツ選手はその知識を忘れたりしません。心の芯《しん》に「自分が誰で、どういう人間か」ということを、しっかり見つけていいます。

自分の日々の暮らし、好きだったもの、生き甲斐《がい》。脳は簡単に忘れはしません。周囲の方、介護者の方にお願いしたいのは、病気が本人に何か変わったことをさせたからといって、患者を別の人のように扱わないでほしいということです。「まるで人が違うようだ」とか言わないでほしいのです。

この人は、間違いなく「自分」であり続けています。心の中は何も変わらない、紛《まぎ》れもない自分です。これまで生きてきた自分と、なんら変わりはないのです。

それから、脳は学習をし続けます。なくしたと思われる能力でも、ずっとやってきたこと、好きだったことなら、もう一度やってみれば、脳は必ず何かを覚えているし、今日やったことも覚えて、明日はもう少し上手になります。少しだけ元気を出して、まずはやってみることです。

また、介護者は、本人にも今の状況を正しく教えるように努めるのがいいと思います。ただし、これが叱責《しっせき》になったりしてはいけません。悪いのは病気であって本人ではないのです。できないことを思い知らせることが目的ではなく、できないことを介護者が共に理解し、できにくいことを重点的に繰り返し練習することで実際の困難も改善し、改善している自分を感じることで、本人のモチベーションが向上します。叱責されてできることなら、病気ではないのです。モチベーションの向上に加え、ほめや共感、理解を周囲が示すことが最適な形でしょう。

自分の脳の機能に自信が持てない人が、いちばん必要とするのは安心です。何かをやる端《はし》からチェックされることは、患者から安心を奪います。とがめなくてもいいことは、何も言わずに放っておいてあげるのも親切なのです。経験者としては、そういう小さな愛情が大事なように思います。

興味と想像力と思いやりと

日常生活の中の多くのことは自分でなんとかなるので、息子が学校に行っている日中はほとんど一人暮らし状態の私ですが、家事は介護保険でヘルパーさんを頼み、できないことの補助をしてもらっています。見た目は何の異常もないように見える高次脳機能障害者ですから、補助・支援をしようと思っても、何をしたらいいの、と思うヘルパーさんも少なくありません。私はあらかじめ自著も渡して、こんなことに困っているということの予習をお願いしてあるのですが、ヘルパーさんは一日中いるわけでもなく、いない時に何に困っているのかを想像するのが彼女たちにはかなり難しいようです。

特殊な能力や極端に明晰《めいせき》な頭脳が要るわけでなく、少しの想像力と思いやりを持ってくれればいいとずっとお願いしてきていますが、ほとんどのことは自分でできてわかるとなると、皆、ぱったりと私に興味を持たなくなります。

自分の望むことがわかってもらえず、面倒くさいから黙って自分の世界で暮らす方が気が楽だと思い、だんだんしゃべらなくなるのが高次脳機能障害者の特徴のように思われていますが、実情はそうではないのです。高次脳機能障害者がものぐさで頑固だからしゃべらなくなるのではなく、介助をしてくださる方を含めて、誰も自分に興味を持たなくなるから、あるいは、しゃべっても仕方がないなと思わされるから、しゃべらなくなるのだと、最近、分かってきました。

とても不思議なことですが、日常の支援に来てくれるヘルパーもさることながら、拙著などにとても興味を持って下さって講演をしないかと呼んでくださる講演会主催者の方も、私が自分の足で歩くのを見ると、もう眼に見えること以上に困ったことがなく、珍しくもなんともない中年のおばさんということで納得し、いかにも興味が無いという感じになってしまう方たちが少なからずいて、残念な思いをすることがあります。長時間かけて講演会の地にたどり着いても、「なあんだ、私に興味無いんだ」と思う場面に遭遇することもしばしばです。放っておいても死にはしない、何とか自分でできるだろうと、あからさまに注意を失うのがわかるのです。

そうした講演会では、主催者が興味を失うと質疑応答のどうでもいい場違いな質問を野放しにするようになり、発言者に場の責任を預けてしまって自分はぼんやりする、ということが珍しくなく、こちらは何だかおかしくてそこを指摘してしまいそうになり、口のチャックを締めなおして、残念な気持ちで会場を去ることになります。

家庭内であれ仕事であれ、高次脳機能障害者と付き合うコツは、まず相手に興味を持つことだと思うのです。良きインタビュアーとなって、患者さんに興味を示して欲しいのです。日頃、当事者たちも自分の身の回りの些細《ささい》な出来事で誰とでも楽しくおしゃべりがしたいと思うし、とるに足らないことでもちょっと話題にして尋ねられたり尋ねたり、というおしゃべりで、社会は平和的に和んでいくと思うのです。

移動することの障害

三度目の脳出血で、あわや絶命か？　という事態に陥《おちい》った私にとっての奇跡《きせき》は、生きていたということ。

ですが、その後を生きていくうえで重要だったのは、言葉を話せることと、ヘタクソながらもなんとか歩けることでした。左脚の麻痺《まひ》が不完全だったことが幸運だったのです。自分で歩ける、つまり移動できるかどうかということは「生活の質」に大きく影響します。誰かの助けを借りないと歩けない場合は、行動に著しい制限を受けることになりますから。

ただ歩くといっても、バランスをとって立つ、左右交互に脚を出す、安全な地面に次の一歩を出す、同時に手に荷物を持つなど、たくさんの行為に対して、脳が適切に注意を振り分けてやらないと、転ばずに安全に歩くことができません。なんとか歩ける私の場合も、不完全な左脚は脳の注意を働かせないと、まともに動いてくれないのです。

高次脳機能障害者の注意力はもともと乏《とぼ》しいものですが、自分の持てる注意力を動員して、どの動作にどれくらい振り分けるかをコントロールしているわけです。

しかし、私にとって貴重なこの注意の力を奪うものが、世の中にはいっぱいです。重い、鍵《かぎ》が多いなどであけにくい扉、階段や急なスロープ、突っ込んでくる人、自転車、ベビーカー、人の流れを妨《さまた》げて立ち止まる人。

地元・高松の街で、向こうから来る歩行者を観察していると、周囲に目を向けてしっかりした意識を持っている人は、数えるほどしかいないのです。たいていの人は、自分以外のまわりの人が自分をよけてくれると思って歩いているようなのです。

勝手のわかっている住み慣れた故郷の街だからこそ、安心してこういう状態でいられるのでしょう。うちの近所はオフィス街で、サラリーマンやＯＬなど、同じ道をほとんど条件反射的に行き来している人が多いので、とくにそう感じるのかもしれません。

そんな中、「しっかり歩かなきゃ」と、いつも気合《きあい》を入れている障害者のほうが、そういう人たちをよけたり、回り込んだりしているのが、今の歩行者事情です。歩けるという事実は私の世界をとても広いものにしてくれますが、そのためにひどく疲れることも多く、がんばらずに生きるのは無理かな、なんて思ってしまいます。街を歩く人がもう少し自分の身体のありかに責任を持ってくれると、右脚一本で立っている人間が大きくよけて何倍も歩かなくてすむのになあ、と思いながら、ため息をついている私です。ためしに、すれ違う人の目にちゃんと意識の光が宿《やど》っているか、チェックしてみてください。すれ違おうとしているあなたのことを、相手が意識を持って見ているかどうか。そんな道を障害者が安全に歩けるのか、想像するのは難しくないはずです。

一人ひとりが、「相手がよけるだろう」じゃなく、「自分がよけよう」というスタンスでいてくだされば、見た目にわかりにくい障害を持つ人にも歩きやすい街になりそうです。

マナーに支えられる私たち

私は、目で見たものが正しく脳に読み込まれません。「それじゃ、視覚障害者と同じことか」とお思いの方もいらっしゃることでしょう。しかし、実際にはそうでもないのです。ちゃんとものの形や性質をとらえてくれないこの目なのですが、その乏しい感覚はとても大事な働きをしています。

私の脳のいちばん壊れた部分である頭頂葉《とうちょうよう》は、いわゆる体性《たいせい》感覚（皮膚感覚、深部感覚、運動感覚を指す医学用語）を司《つかさど》っていることで知られています。普通はいちいち確認しなくても、自分がどういう姿勢をしているのか、手や脚がどこにあるのか、当たり前にわかるものですが、私にはわかりにくいのです。それをカバーしてくれる能力が、私の視覚です。例えば平均台のようなところに立っている時、ふらつかずに直立するために必要なのは、自分の身体のバランスを保持する身体の感覚と視覚です。片脚立ちをするのも、目を開けているのと閉じているのでは、どちらが難しいか、やってみれば誰にでもわかります。私のこんな見えにくい目でも、開けていれば歩行や直立などの助けになってくれているのです。

ですから、ヘッドライトに目がくらんだり、信号機を見ようとしているのに夕日が目に差し込んできたり、風で前髪をあおられ目隠し状態になったりして一時的に視力を奪われると、自分がどうやったらまっすぐ立っていられるのか、バランスのとり方がわからなくなってよろめくことがあります。

何もない平らなところでただ立っているのも、視覚の助けがなければ私にはとても難しい作業なのです。ふとしたことでわずかでも視力を奪われる危険のある時、例えば信号待ちの時などは、何かにつかまっていたいのです。電柱などに触っていると、自分と自分のいるこの世界の位置関係を知ることができて安心です。

ただし、時にはショックなことが起こります。よたよたとやっと信号の前まで歩き、そこの電柱に手をついて、自分とまわりの世界との距離が測れてほっとした時に、電柱になすりつけられたガムや吸《す》い殻《がら》が手についたりするのです。一瞬、目の前が暗くなります。「ががーん」という感じ。

道端《みちばた》にポイ捨てされたごみにつまずく人だっているかもしれないと思います。街をきれいにする、当然のマナーを守る、そのひとつひとつは簡単なことです。しかしそれだけのことで、私たちの世界はみんなが暮らしやすいものになるのかもしれません。とくに、ハンディキャップを負ったものにとって、そうした小さなマナーを守ることで支えられることは、決して少なくありません。

「もし私が障害者になったら」

「動きたくないー！」と駄々《だだ》をこねる身体に鞭打《むちう》ち、息子と焼き肉を食べにいきました。あきれるほど食べたら、かなり復活しました。やはり肉にはやる気をかきたてる作用があるようです。こうしてコンピュータに向かう意欲まで出てきました。

「障害ってなんだろう」という雑誌のコラムを書いてみないか、というお話をいただきました。あらためて「障害ってなに？」と聞かれると、はたと困ってしまうのです。私にとっての障害。息子にとっての障害。そして、一般の方々にとっての障害……。それぞれに違うもののような気がするからです。

雑誌の編集者は、「読者は一般の人」と言います。そして、「今、ふつうの人々にとって、障害っていうのは『自分とは関係ない話』という人がほとんどなんでしょうねえ」と言うのです。確かに考えたこともないし、考える必要もないというのが本音でしょう。たとえ医者であれ、看護師であれ、リハビリのセラピストであっても、障害を持つ人の立場で、障害を考えようとしないことが多い気がします。障害者の「身になってみる」ことがないのではないかと思うのです。「まともな生活ができるように導いてあげる」と、健常者の目で患者を見ている気がするのです。

最近のニュースで、悲惨な交通機関の事故、外国のテロリズムなどの映像を見ていると、人間がなんの前触れもなく「こっち側の人」になることなど、そんなにめずらしいことではないと思うのです。障害を持つということが、対岸の火事ではないと考える社会があってこそ、病気の人や障害のある人が生きやすい社会なのでしょう。

車椅子や義肢義足《ぎしぎそく》など、ある意味「わかりやすい障害」なら、まだ理解を得られやすいかもしれません。しかし、高次脳機能障害は見えざる障害です。当事者でさえ、何が起こるやら、よくわからない。ましてや、一般の人にとって、こんなナンセンスな障害に陥る人がいるなんて考えられないというのが正直な反応でしょう。

大人のくせに、ちゃんと服が着られない。

トイレの流し方がわからない。

食べ終わった箸《はし》の置き場所がわからない。

私は今でも脳出血の後遺症の痙攣発作《けいれんほっさ》などで、医療関係者のお世話になる生活です。

そのたびに、わけのわからない行動をとる私は、イラついた反応の標的となります。彼らの勉強不足にも呆《あき》れますが、障害者の身になれない想像力のなさにがっかりします。

人間が、小さい頃に身につけるべき最大の能力は想像力だと思います。難しい言葉を使えば洞察力《どうさつりょく》。とくに、人間の身体を相手にする医療者には欠かせない能力です。

「もし私が障害者になったら」と想像することは難しいことでしょう。しかし、手助けをしてほしいと思うことを、みごとにやってくださる方がいることを思うと、やろうと思えば誰にだってできるに違いありません。

〝白杖〟と〝鈴〟

以前、私のＨＰの掲示板に投稿してくださって以来、メル友になった、半盲で視野が半分完全に欠けている、高次脳機能障害の男性の方がいます。てんかん発作の後遺症があり、横浜のご自宅から都内の国分寺《こくぶんじ》のクリニックまで、てんかん治療のため一人で通院し始めたという、なかなかのチャレンジャーです。

この方から、都内の人ごみが歩きにくいというご相談を受けて、私は自分の経験からひとつのアイデアをお聞かせしました。歩いている人達は、みんな自分のことを知ってくれていないのは当たり前のことです。しかし多くの人は、障害を抱えて不自由にしている人にわざわざぶつかってきたり通せんぼをしたりしたいと思いはしないものです。とはいえ、私の住んでいる香川の高松のようなところでも、高次脳機能障害のために簡単には人を避けることのできない私たちの直前を横切ったり、何だか知らないけれどまっすぐこちらに突っ込んできたりと、なかなか簡単には歩かせてくれないのが人ごみです。

「私は障害があって、あなたを避けることができません」というシグナルを出せば、誰だってわざわざ突っ込んできたりはしませんが、説明をするのさえなかなか難しい脳の中で起こっている現象についてですから、街で行きあった人たちにいちいち時間を割いて説明できるはずもありません。

私もいろいろと考えて、視力障害者の持つ白杖《はくじょう》を持って歩くという方法を提案してみました。多くの脳損傷者、高次脳機能障害者は杖《つえ》を持って歩いています。杖を持つ脳損傷患者仲間の何人かに「杖は便利ですか？」と聞いてみると、「私はふらつく足の補助として使っているわけじゃありません。行き交う人々に注意を喚起するために持っているだけです」とおっしゃる方が少なくありません。

私自身は高齢者用の杖も、視力障害者の白杖も持っています。白杖はちょっと実験的な気持ちで購入してみましたが、多くの場合は杖なしで歩きます。障害が軽くて平気でスタスタ行けるということではなく、ちょっと間違えると杖というもの自体が荷物になり、歩くこと、転ばないことに細心の注意を払って歩いている自分の限られた注意力を幾許《いくばく》か奪ってしまい、かえって怖いという結論に達したからです。杖にすがるより、周りの建築物などに触りながら歩くほうが、身体のバランスも集中して保てるのです。

それでもたまに杖を持って出かけてみると、コンビニの横でしゃがんでタバコを吸っている若者たちも飛び退いて道を開けてくれたりしますので、杖というものに注意を喚起させる力があることは間違いありません。

メル友の彼はまだ若く、外見だけでは身体が不自由と分かりません。しかし実際には半盲という視覚の不自由があるのですから、白杖を持っていることでよしんば「視力障害者」と思われて道行く人なりに心配して親切にしてくれたとしても、それは視力障害を詐称してペテンにかけたわけではありません。いわゆる視力障害者でないと白杖は持ってはならないという法律があるわけでもなく、介護ショップのようなところで三〇〇〇円程度で手に入るのだから、何の問題もないと思うのです。

何より、半盲という状況が、片目をつぶって歩いている程度の不自由と違うことは、セラピストが一番良く理解し、適切なアドバイスをして欲しいのですが、残念ながらこのメル友の周りのセラピストは、白杖を持とうとする彼に、「そんな大げさなことしなくても」とか「やりすぎだよ」としか言わなかったそうです。セラピストの大反対にあって彼は白杖は諦《あきら》めたそうですが、「では、代わりに何か」という彼に対し、セラピストは、今、彼が持っている杖に〝鈴〟をつけてくれたそうです。

意味がまったくわからないのは私だけでしょうか？　〝東京の人ごみの真ん中で熊避《くまよ》けか！〟とつっこみたいところです。人ごみが怖いなら人様の陰をこっそりと歩け、でもあまりこっそりと生きていてどこにいるのか気配がきえてしまうと不便なので鈴をつけてわかるようにしろ、ということでしょうか？　また、医師からは、大事にしてあまり出歩かない方がいいと指導されたのだそうです。視力障害者ではない彼が白杖を持つことを、自分が指導したように思われたら恥ずかしいという程度の保身の心理のようにしか私には思えないのです。

いくら元気そうに見えても、自分はこんなに不自由なんだとわかってほしくて、〝高次脳機能障害です〟というタスキを掛けて街に出たいという人もいるのが、高次脳機能障害者の気持ちなのです。そして、そんな気持ちを一番よくわかっていてほしいのが自分の担当セラピストだと思うので、「そこまでしなくても」と笑われた彼の気持ちはいかばかりかと、悲しい気持ちになりました。

最近は、QOLという言葉も死語になってしまったのでしょうか。別の患者さんからは、高次脳機能障害だと後の人生など取るに足らないと言って、人間として接してもらえないという、あまりにも悲しいお話を聞きました。〝大事にしなさい〟〝気をつけなさい〟ということと、〝うちで大人しく寝てればいいだろ〟というのは違うと思うのです。

高次脳機能障害の当事者が暮らしている世界は寂しいことが多いという現実を、いろんな人が私に教えてくれます。こういう話を全国どこに行っても聞かないような日本になることを祈っています。

掲示板での出来事

ある時、私のHPの掲示板に、二三歳の息子さんがバイク事故で脳損傷をこうむったお母さんの書き込みがありました。脳損傷者の「空腹」についてのご意見でした。カロリーをちゃんと計算して食事を出しているのに、間食などさせるなと医者から言われたようです。一体、誰を想定したカロリー計算の食事を出したのか、と私なら突っ込むところです。

本書の「燃料切れが怖い」の節でも書きましたが、壊れた脳は正常な脳より多大なエネルギーを必要とします。その医者は画像診断だけで脳は何ともないと結論を出したドクターのようですから、難しいことはわからなくて当然かもしれません。写真は見ても患者は診ない医者はいっぱいいます。嘆かわしいことです。

先にも少し触れましたが、私は二度目の出血の後にベッドから一回転して床に落ちた時、腰の仙腸《せんちょう》関節を激しく打ち付け、ぼっこりと腫《は》れてしまいました。入院していたのは脳外科ですから、担当医は気を遣って整形外科に往診を頼んでくれたのですが、その整形外科の医師は、脳外科の担当医の用意した単純なレントゲン写真をペラッと見ただけで私の腰には指一本触れず、付き添っていた素人の老母に「骨は大丈夫です」と言って帰っていきました。

仙腸関節というのは骨盤の仙骨というパーツと腸骨というパーツの軟骨性のつなぎ目の部分ですから、軟骨の写真を見ただけで「骨は大丈夫」も何もあったものではなく、素人の母に説明したとはいえ、整形外科医である当事者も目の前にいるわけで、何ともお粗末な説明をされて患者としては目がテンになりました。

この時の打撲で、仙腸関節の打撲痕《こん》に一致する場所にある馬尾《ばび》神経という細くて薄っぺらい神経の分布するエリアが麻痺《まひ》に陥ってしまい、肛門《こうもん》周囲とか直腸の下の方の運動の麻痺を来しました。患者本人がお風呂《ふろ》のお湯にお尻《しり》を浸《つ》けても冷たく感じ、温かくないことに気づいて、麻痺の存在が分かってしまいました。打撲の痕《あと》の位置からいっても何が起こるか容易に想像がつきそうなもので、ただ、「骨は何ともない」というのがちゃんとした医師の診察かと思うと、がっかりする以前にびっくり仰天でした。

医者は、個人の人間性と努力でいかようにでも名医になり得るものです。患者とその家族の不安や期待、願いに寄り添うことのできる医師であってほしいと、改めて思うのです。

保険料の未払いと障害者認定

「おかやま脳外傷友の会・モモ」の集会で、外からは見えない障害のために理不尽な思いをしたことはありませんか、と聞いてみました。私が予想していたのは、人に迷惑をかけるとか、トロいやつだと白い目で見られるなど、どちらかというと精神的なダメージでした。しかし、実際の意見は違いました。多くの方が「事故にあっていながら、保険金がおりないこと」と言うのです。障害の存在を明確に医師が証明できないことが理由だそうです。

障害保険などでは以前から未払いの問題が多く、私が整形外科医をしていた時にも、鞭《むち》打ち症などにありがちなことでした。患者は頸椎《けいつい》の捻挫《ねんざ》で首が痛くて、自律神経障害による吐き気やめまい、耳鳴りなどのために起きあがることもままならないというのに、創《きず》がないので入院の必要がなく、治療した分の医療保険料を不払いにするというような保険会社が多かったのです。

高次脳機能障害の場合は、とくにこうした未払いの対象になるケースが多いそうです。困っている患者を前にしても、「なんの怪我《けが》も病気もないではないか」と、保険金を払ってくれないのです。加入の時に「症状が目に見えなかったら保険金は出ません」と、きちんと説明してくれたのでしょうか。

脳の打撲《だぼく》などで、レントゲンも正常、ＭＲＩも正常だが、生活上不自由があって困っている人はたくさんいます。こういう人たちの多くは、保険金を払い渋られるなど、いたわりのない対応を受けて困っています。

勿論《もちろん》、きちんと「障害がある」と証明できない医者のほうにも問題はあります。そもそも、障害者手帳などの交付を申請する際の障害者認定というのは、医師の理解度が大きく影響します。

腎不全《じんふぜん》で透析《とうせき》を受けるようになると、「一級（または三級）障害者」ということで、治療費が大幅に軽減されます。言い方は悪いのですが、血液検査などで結果が出る腎不全は、「わかりやすい障害」なので、どんな医師でも、障害者認定結果は変わらないでしょう。

一方、高次脳機能障害は、とてもわかりにくい障害です。幸いなことに私に関しては、左上肢の機能全廃（二級）、下肢の著しい機能障害（四級）の合わせ技で、二級障害者手帳をもらっていて、各種の障害者割引など、とても助かっています。これは、主治医の理解のおかげなのです。実際にはどれだけ使えない手脚をがんばって使っているか、というやや主観的な評価も入っていると思います。

しかし、同じ障害でも、症状の出方は人それぞれで、「何もしなくなった」「暴れるようになった」などの症状では、障害と認定するのが難しいのが現実です。「困っている度」は、私とまるで同じだし、それこそ腎不全の透析とも同じなのですが。

国立障害者リハビリテーションセンターの総長、岩谷力《いわやっとむ》先生は、身体障害者手帳の交付を受けられない高次脳機能障害の患者は、精神障害者保健福祉手帳をもらえば、障害のある人が普通に受けられる福祉サービスを受けることができる、とおっしゃっています。

しかし、実際には「私は精神病ではないんです」と、本人や家族から抵抗があることも多いのではないかと思うのです。実際、患者さんのなかには、「私は障害者ではないですよね」と念押しされる方も多いそうです。

「山田さんはどうするのがいいと思いますか？」

そんな難しい質問をいただき、少し考え込んでしまいました。

岩谷先生はこう続けました。

「精神障害があると認定されることを忌避《きひ》する社会であることは残念なことです。私たちは障害をどのような障害であっても差別すべきではないと考えているのです」

確かに、障害者手帳を持つ意味とは、今、困っている生活を公的に助けてもらうことです。その障害がどんなものか、ということは関係ありません。また、どの障害であれ、その手帳はその人の価値を左右するものでもないということも、岩谷先生に教えていただきました。そうした意識が、私たち障害のある者の間にも、そしてその家族にも、世間の人々にも、広く浸透してほしいと思います。

注記

二〇〇六年に障害者自立支援法が施行され、身体障害、知的障害、精神障害のいずれの手帳所有者であっても、利用できる公的福祉サービスに差別はなくなりました。高次脳機能障害を持つ方々で、身体障害者手帳の取得ができない人（手脚の麻痺など、身体的障害はない人）は、精神障害者保健福祉手帳の交付申請をすると、器質性精神病というカテゴリーで手帳の交付を受けることができます。これを利用すれば、身体障害者福祉法に定められている福祉サービスを受けることができます。

身体障害者福祉法に規定される福祉サービス（更生《こうせい》援護施設の利用、補装具《ほそうぐ》費の支給、デイサービス、居宅介護など）の利用を希望する際には、高次脳機能障害の診断書を持参すれば、市町村の窓口で手帳なしで申請できます。身体障害者福祉法以外の所得保障、優遇措置（鉄道運賃の割引、NHKの受信料の減免など）の利用を希望する場合には、手帳を持っていたほうが便利だということです。

社会で暮らせば回復は続く

インターネットでミクシィというSNS（ソーシャル・ネットワーキング・サービス）に入っています。愚痴《ぐち》もぼやきもそこで吐いています。ミクシィで日記を書き始めてから脳機能が著しく回復したと感じています。

バーチャルながら、ひとつの社会になっていて、ほかの人とのやり取りに気を使ったり、ほかの人のバックグラウンドを覚えたり、時には想像しながら顔色を見たり、人の求めに素早く反応しようと努力したり、自分が今見ておかねばならない画面をサイトの中から探し出したり。これはまさに凝縮《ぎょうしゅく》された社会です。

私の脳機能を最も活性化する「言語」というアイテムを使って、たくさんの人相手に

「社会」の中で暮らす訓練になっていると感じます。「そういえばあの人にこんなことを頼まれていた」とか記憶したり、困った時に誰かに何か頼んで助けてもらおう、という戦略を立ててみたり。このネット内の社会の一員として生きている私は、病気療養を理由に、ひっそり現実の社会から引っ込んでいる私の何倍も頭を使います。実際の社会生活上でせねばならぬことも、落ち度なく迅速《じんそく》に、正しく反応しながら生きていく訓練になっているのを感じます。

読み書き計算もいいですが、やっぱり人間は人と関わって生きる動物です。脳障害者を「病気だから」と社会から遠ざけてはいけない、ということを、身をもって感じるのです。数ヶ月のインターバルがあって私に会う人の多くが、「以前会った時よりずっとよくなられて」などと言ってくれます。勿論自覚もありますが、確実に私はまだ回復しているようです。乞《こ》うご期待です。

神経心理学の権威、山鳥重《やまどりあつし》先生でも「二年、回復が続く」という点に驚いておられたことを思うと、最後の出血から一〇年経って、まだどんどんよくなっているということに驚かれる方は多いのでしょう。

自分だけの経験で申し上げるのも心苦しいのですが、私の経験に限って言えば、どんな患者でも、脳の回復には、四〜五年は待ってほしいというのが本音です。

もうこれ以上リハビリの必要はない、医療機関でリハビリする意味はない、という判断は、本当は線の引けない難しい問題です。自宅で閉じこもっているよりは、たとえそれがリハビリであっても、出かけていって専門家と会話することに意味がないはずはありません。

患者を「社会」に触れさせることをリハビリとして、何年という区切りなしにやらせてもらいたいというのが、本当のところです。四～五年は待ってほしいと期間を提示したものの、それは回復の可能性がそこでなくなるということではありません。外界からの刺激の入力がある限り、学習し続けるのが、脳というすごいシステムだと思います。壊れた脳も程度の差こそあれ、生きている限り、よくなり続けると思うのです。

同窓会でのこと

ある認知症施設の院長さんが、テレビでこんなことを話していました。

「認知症患者の困った行動を問題行動というなら、それは誰にとって問題なのか？　本人にとってはそれは問題でも何でもない。介護者にとって問題なのであって、この施設で主体となるべきは誰なのかが分かっていれば、〝問題行動〟などという言葉は出ない」

高次脳機能障害者のやる〝失敗〟だって、それは本当に失敗なのか、ということが沢山あります。健常者の誰かが、自分の物差しだけでそれは失敗だ、異常行動だと言うから、失敗とされている事柄もあります。見た目が普通の健常者と変わらないのに、やれそうに思えることが出来ないのは、その人のやる気がないから、やろうという根性がないから、性格が悪いから、ということにされてしまう。

当事者の耳元で「出来ないんじゃなくてやりたくないんだよね」と囁《ささや》く人達がいても、そんなことに締め付けられずにみんな堂々としていてほしい。生老病死はお釈迦様でも避けて通れなかったことなのですから。それが同じ障害の仲間への私の願いです。障害のせいで出来ないものは出来ない、それで何が悪いと開き直れれば、ずいぶん生き易くなる人は多いのです。

ただ、障害者の頭の中の事情がわからないということだけが理由なら、それはだんだんと本当のことが知られていく中で、社会全体として徐々に解決していくことでしょう。しかし、もう少し気持ちの塞《ふさ》ぐようなこともあります。

ある時のこと。大学時代の同級生から、見違えるように立派になった母校の様子を見学に来ないかと招待され、久しぶりに集った時、昔、同じ部活で同じ釜《かま》の飯を食べた親友と言える友人が、私の足元がおぼつかないのを心配して、早手回しに車椅子を持って来てくれました。工事現場のような状態のままのところもあるので、押してやるから座れというので、一応、大丈夫とは言ったものの、様子の変わってしまった母校の中で迷子になったり転んで怪我をしたりするのもかえって皆に迷惑がかかると思い、ありがたく車椅子に座らせてもらいました。

そうしてずっと友人に車椅子で運んでもらい、終点となる宴会場まで来た時、同級生の一人がさっと私のところに来て、耳元にこうささやいたのです。

「さっき、ちょっと見ちゃったんだけど、本当は歩けるんだよね」

在学中はとても優秀で、学生の時には縁がなくて話もあまりした覚えのない人でしたが、「歩けるくせに楽をしようとして友達をこき使ったな」という言いがかりでした。その人はご自身も医者で、私の本も読んでくださっていたので、高次脳機能障害者独特のいろんな失認や記憶障害などの外出に伴うリスクはわかってくれたものと思っていただけに、これは嫌がらせだなと思いました。

私達の障害は、悪く解釈しようと思えばいくらでも悪人にされることができるのです。私は立派になった大学の同級生たちを敬愛していました。どの人も安心して患者を紹介できる立派なドクターだと思っていたのです。少なくとも、一番の落ちこぼれは自分だと思っていたのです。でも、「何だ、こんなもんだったか」と思いました。

そして、ますます私は堂々としていなければならないと思ったのです。自分に向けられた疑いの目があまりにばかばかしいものだったので、これでへこませてやろうと思う者たちに快感を与えるわけにはいきません。

多くの同じ障害の人々のためにも、高次脳機能障害者など、性格が悪くて糾弾されるべき人種だとシュプレヒコールを上げる連中に屈服するわけにいかない――そう思うのが山田です。

気持ちを想像してみて

「私の娘は五〇歳を過ぎています。山田さんと同じ障害なのですが、娘は家事もせず、やる気も見せず、終日テレビを見ています。山田さんが積極的に目標に向かって進んでいるのとは、まるで別人なのです。なんとかやる気を起こさせる方法はありませんか」

ある高次脳機能障害の方のお母さまから、こんなお手紙をいただきました。

お母さまが、娘さんを心配されていることは、よくわかりますし、そのつらさもお察しします。しかし、気になるのは、私と比べて「まるで別人」とおっしゃっていることです。

この障害では、脳に傷を負っていても、脳の中にある患者自身の「自分」という意識や、感じることは温存されていることが多いのです。子どもでもできるようなことができなくなった自分に、いちばんストレスを感じているのは当事者です。

そういうふうになった時、何もなかったように普通に日常生活をこなし、普通にいやな顔もせず暮らせと言ったら、それは誰にとっても難しいことです。喜びがなければ人間は元気が出なくて当然なのです。自分が生きていることが誰かのためになっている、と感じながら生きていくために必要なのは、社会と接することだと思います。

本章の最初の節でも書きましたが、私も、まるで元気もやる気もない時期がありました。でも、私を忘れないでいてくれる友人の存在や、コンピュータという私にとっての社会に参加すること、息子と生きていることなどで、少しずつ自分が生きている意味を感じられるようになったのです。

誰にもそういう過程があります。「山田さんとは別人」と、先回りして決めつけてはいけないのです。まずは本人の気持ちを想像することから始めてほしいと思います。

また、障害を持つ前と今とでは、まったく人が違ってしまった相手として、その人を扱うのも問題です。病気でなかった頃と、今とで違う人ではないのですから、患者にとって、前と同じその人として扱われないことの不安も、ストレスにつながります。

この障害の人を介護する方たちには、その人の変わらぬ人格を認めてほしいのです。元気な人だって、「ああ、もううんざり」と思うことはあるでしょう。そんな時、誰かに「しっかりやれ」と言われてもやる気が出ないのと同じです。

能力の低下を叱責《しっせき》するのもダメ。「ちゃんとしなさい」と言って、それができるなら病気ではありません。先にも触れましたが、本人の性格がダメだからできないのではなく、病気がそうさせているということを周囲が認識してほしいのです。怒られてできるぐらいなら困りはしません。

また、この方は、診察した医者から「もう一生、車椅子生活になるかもしれません」と言われたそうです。でも、それも間違いだと思います。というより、そういうことを確証もないのに言う医者の気が知れません。医師の言葉として聞けば、患者はどうしてもマイナスに考えるものです。誰だって障害が突然起こっただけで、「こんなんじゃ、何をやったってイヤになる」と感じるのが普通だと思いませんか。

それなのに、わざわざうんざりさせることを医師が言うなんて、言語道断《ごんごどうだん》。大切なのは患者のモチベーションです。しかも、その方は、発症後まだ二年だと言います。それだけでなぜ、「一生」のことがわかるというのでしょう。

医師や健康な介護者の無責任な発言や気持ちの押しつけで、障害のある人の心が傷つくことのないような、想像力のある社会になることを祈ります。

「ヘルパーって何する人なん？」

高次脳機能障害に対する「差別」ではないのですが、「ハンセン病」のことがあれほど話題になり、エイズ患者への差別が問題になっても、依然として筋の通らない人権無視が横行する社会であることを思い知らされる出来事がありました。

愚息が新型インフルエンザの診断を受け、診断の日からは本格的に高熱が出て、三九度台でうんうん唸《うな》っていた時のことです。その日、私の介護保険のヘルパーが予定通りやってきて、契約通りの家事援助を始めました。息子が新型インフルエンザになったので、マスクをあげましょうかと言ったところ、「新型インフルエンザの家人のいる家には、うちの事業所は入らないことにしている」と言って会社に確認の電話をかけ、上司に報告、すぐに撤収の指示を受けて、サポートの契約の家事援助もそこそこに、なんと帰ってしまいました。インフルエンザの人間のいる家には行かないという約束は、前もって何もなかったのに、自分たちで勝手に決めたという〝決まり事〟を後でファックスで送ってくるという、上から目線の失礼な話でした。

息子がインフルエンザだと、私がてんかん発作を起こそうと脳卒中で瀕死《ひんし》になっていようと、ヘルパーさんはさっさと帰ってしまうのでしょうか。あるいはもし、私自身が高熱で世話をする人もなく寝こんでいたなら、脱水状態で危険な状態でも、訪問して来たヘルパーは〝うちの会社の決まりだから〟と、私を放置して帰るのでしょうか。

ヘルパーが踵《きびす》を返して帰った翌日のこと。その日は、本来は訪問がある約束だったのですが、ケアサービスは入りませんでした。しかし私のケアマネージャーの強い抗議を受けて、「月曜からは元のように行きます」と、その日の夜に電話が来ました。どんな相談で、どういう理由で、一方的な通達が撤回されたのかという説明もなく、インフルエンザ罹患《りかん》者への差別的行動はやり逃げ、ということになったわけです。

日頃から私の元気な姿を見て、なんで自分たちが手伝わなくてはいけないのかと、ふくれっ面をしている人たちなので何を言っても無駄とは思っていますが、関係のない家人の罹患を理由にして職場放棄をし、ケアが必要と市役所が認めた患者に対する保護責任を当然のことのように遺棄したのには、関係者全員が唖然《あぜん》としました。

息子の一言、

「ヘルパーって何する人なん？」

高次脳機能障害者の自立した生活の支援をお願いしているケースは、日本中にたくさんあると思うのですが、プロの介護者の責任感がそんなものであってもらっては、非常に困ると思った、わが家の事件でした。

普通の生活が最高のリハビリだと私は主張してきたのですが、その前提をなすのは、患者の安全が守られる環境です。インフルエンザ・ウイルスがいるかもしれない環境に入って来ないなら、人の多い街も駅もデパートも、罹患者がいないと確認しないと行かないのかと聞きたくなります。そんなことをプロが言っていたら、医師も看護師も病院にいられなくなるではないですか。そんな日本で生きていく同じ障害の仲間たちが心配です。

人間を扱う仕事

今、一部マスコミ、特にテレビ報道での科学的用語のいい加減な使用が、無教養な人間を増やしているように思っています。

エイズが問題になり始めた頃、テレビで「エイズ菌」と連呼し、患者を「保菌者」と呼んでいたのを苦々しく見ていましたが、ウイルス感染症のエイズに〝保菌者〟がいるはずもなく、科学的な言葉に関するデリカシーを持たないという点で、かつてインフルエンザをスペイン風邪と呼んでいた時代から、状況は変わっていません。

そのくせ何を思ったか、「痴呆《ちほう》症」「ボケ」と言ってはばからなかった認知症を急に厳密に認知症に改め、今度は障害者の「害」という文字が加害者の害と同じで感じが悪いからと平仮名にして「障がい者」と呼ばせてみたり……。これはこともあろうに国家機関の指導があったようで何をかいわんやですが、障害者と呼ばれたからといって、実際の障害者で「がい」に変えてほしいと思う人など一人もいないことが、なぜ役人にもマスコミにも理解できないのか、謎です。

結局は、そういう議論の場に実際の障害者が存在せず、当事者不在の噂話がいかにも正義のように語られる変な国でしかない気がしています。前節で書いたことですが、だからこそ、自身が訪問すべき家にインフルエンザ・ウィルスの感染者が一人いたからといって、それが、自分たちが社会で果たすべき任務を放り出すほどのことなのかどうかも理解できないヘルパーを作ってしまうのでしょう。

「人間を扱う仕事を、簡単に考え過ぎてやしませんか？」

そんなふうに思います。医者であれば、インフルエンザの人は診ませんと断れば、医師法という法律で罰せられる立派な犯罪です。養老孟司さんのお母様は、私の母校である女子医大の大先輩ですが、「教養とは人の気持ちが分かる心である」と息子さんに教えたと聞きました。ヘルパー二級であれ医師免許であれ、国家資格というものは、生物としての知能の良し悪しや学歴はさておいても、そういう意味での教養の有無ぐらいは審査の基準として与えられるものであってほしいと思うのです。

その失敗は、本当に失敗なのか

広島での、ある理学療法士会主催の講演会でのこと。「患者さんの身になって接するというのは、具体的にはどうしたらいいのか」という率直な質問がありました。なかなかシンプルでいい質問と思いつつ、「例えば患者が失敗をした時に、健常者のセラピストの皆さんにとっての物差しで見ないようにしてほしい」というお話をしました。

それでいろいろ考えさせられたのです。「待てよ、患者のする『失敗』そのものが、そもそも本当に失敗なのか」と。多くは健常者の常識から見た「失敗」であって、それは本質的にはよくないこととか悪いことではないはずです。例えば、箸《はし》で豆がつかめなかったとしても、それは豆がつかめる人から見たら失敗だけれど、本人は「箸がダメならスプーンでいいじゃん」と思っているかもしれません。

私もよく、スカートがめくれたまま歩く、なんてことをします。でも、それは失敗でしょうか。当事者としては恥ずかしいことではありますが。「めくれてますよ」と注意してくださる方がいて、私も素直に「ありがとうございます」と言うのですが、じつは「だから何か?」とか思っている、ひねくれた自分もいるのです。

そういうのを、知らん顔で放っておくという選択肢もあるのです。下着が見えそうな程短いスカートをはいている女子高生に向かって「下着、見えますよ」とは注意しないのと、そう変わりはないように思うのです。とくに障害者にしてみれば、今日一日を死なないように生きている生活の中では、スカートがめくれているくらい、どれほどのことでもないのです。ほかの人に見られたら恥ずかしいだろうと思ってくださるなら、注意をしたその人に見られた時点で、もう充分恥ずかしい思いに陥るのです。

以前、私が洋服を着ようとして、「これはどっちが前で、どっちがうしろ？」なんてぶつくさ言っていた時、近くにいた友人が「そんなの、どっちでもいいよ」と言ってくれたことがあります。「なるほどそうだな」と思ったのでした。どっちが前だろうと、たいした問題ではないのです。自由に着ればよいと、気を楽に着替えに臨《のぞ》めるようになったものです。

高次脳機能障害のリハビリや介護の仕事をする時、自分の世界では「それはちょっと」と思っても、その人たちにとって注意する意味のあることなのかどうか、言葉を発する前にしばし考えてみてほしいのです。

心の柔軟性のない大人が問題

脳障害者が、普通に共存できる社会を目標に、日々活動を続けています。世の中を見ていると、共存を妨《さまた》げているのは、じつは「良識ある大人」であることがわかってきました。

息子は、小さい頃から不自由な母のもとに育ち、自然に母を助けられる子どもに成長しました。母が着替えるのを手伝い、街では手を引き、荷物を持つなどは、彼にとってすでに生活の一部なのです。そんな息子を「苦労してかわいそうに」と見るのは、「良識ある大人」たちです。かわいそうかどうかなど、息子自身が決めることです。

うちの息子が通っていた小学校でも、障害者を受け入れていました。息子の当時のクラスにも、かなり高度な認知障害のお子さんがいたのですが、息子の話を聞く限りでは、子どもたちは障害の有無にかかわらず、すぐになじんでいたようです。しかも、クラス全体でその子を助けるという生活習慣も身につきます。健常な自分たちとは事情が違うが、その子も同じ大切なお友達という感覚は、すぐにできるようです。

確かに、おかあさんは毎日学校に付き添って来られていたし、教師も特別に面倒を見られる人がつけられていましたが、クラスとしての活動の中で彼が浮いているとか、じゃまになっている場面は見たことがありませんでした。勿論《もちろん》それなりの人の配置や手間はかかりますが、子どもたちの人間関係とか障害児の劣等感とか、そういう面の心配は、子どもの中ではたいした問題にならないようです。

その子の失敗は病気のさせていることだから、その子が悪いのではないという感覚もすぐ理解するようになります。学校において、その原則をすぐに忘れてしまうのは、どちらかというと教師など大人の側のようです。

ある時、先生のひとりが、人ごみを見分けにくい認知障害の子が、教師が指定したのと違う入り口から部屋に入ろうとしたのを叱《しか》ったと、息子が怒って帰ってきたことがありました。「なんで言ったようにできんの？」という発言もあったそうです。

結局、問題なのは大人たちの心の柔軟性のなさかもしれません。普通の人間関係でも言えることですが、自分の物差《ものさ》しにおいて、「こうでなくてはならない」と他人に押しつける感覚が、社会にあるのが問題です。

教員が子どもの頭の上から、ただ画一的な集団になるようにどなる慣習が今でもあります。そういう時、自分の子どもはこの人たちには預けられないと思いますし、個々に細かい理解が必要な障害児ともなれば、専門の学校で温室に入れたように育てるほうが安心とも思えます。

しかし、人間のいちばん理性的な部分「前子ちゃん」は、さまざまに感じ、経験をすることで成長し、のちの人生で困った時、自分を諭《さと》し、なぐさめ、励まし、助けてくれる大切な存在です。ひとりの人間として、保護が保証される環境に区別されるのでなく、いろいろな人のいる環境で、お友達はみんな違う存在という環境から、その子の「前子ちゃん」が、「だから自分もこれでいい」と自覚するように育つのだと思います。そのためにも、なるべく多くの子どもたちが経験する世界を、障害児にも経験させたいというのが私の気持ちです。

多くの大人は、いじめとか、本人の劣等感とか、先回りしてマイナスのことばかり心配しがちですが、子どもたちの世界はそれほどネガティブなものばかりではありません。最初からあるものが、その子の世界になるのですから。息子を見ていて、そう思います。そうしたオープンな子どもの心に、心の柔軟性のない大人が、先入観を与えることこそが問題なのです。

例えば、私の立場でどんなことをしてくれる人が「いい人だなあ」と思うかというと、健常者である自分の感覚でものを押しつけない人。ピシッとしない、落ち度の多い「私」のまま、黙ってそこにいさせてくれる人。

人間が一人、そこにいるという点において、洋服が曲がっているとか、スカートがめくれているとか、よだれをたらしていることなどは、必ず是正《ぜせい》しなくてはならない問題ではありません。自分が障害者になってみると、どうでもいいこととそうでないことの価値観が、健常者の時と違ってきているのが分かります。

「スカート談義」、後日談

私はこれまでの本の中で、高次脳機能障害者はどの人もそれぞれ違っていて、一人として同じ症状はないということを書いてきました。それは無責任な言い方ではないかと、看護師の方などから文句を言われることもあったのですが、意外に引っ掛かっていた人が多かったのは、前々節「その失敗は、本当に失敗なのか」で書いた、スカートがめくれているのを指摘された時の私の気持ちについて、でした。

高次脳機能障害者は、ある程度自分のことが分かるばっかりに、自分の失敗が人々の目に触れぬようびくびくしていたり、年中緊張して周りを気にしていたりするケースが多いので、失敗を見つけたらとにかく指摘するとか直してやるとかいうことが、当事者にとっては必ずしも嬉《うれ》しいことではないのだ、という心理を少し見せてみたわけです。

勿論、人間として生きている上で、これは真っ当ではない、いけないことだということに気づいていない時はどんどん注意していただくと有難いのですが、本人の心の中では気付いていて〝あれあれ〟と思っていても、「ええい、こんなことはどうでもいい！」と思っていることが障害と共存していることがままあって、「いや、それどころじゃないんですよ、私……」と思う瞬間が多いことに気付いた自分の経験を書いたのです。

それに対して、〝人の気持ちって、真面目に考えないと自分が良かれと思っても相手は全然違う受け取り方をするんだなと勉強になりました〟と好意的に受け取って下さる意見もありましたが、近所の奥さんたちは、スカートのめくれている私を見ると、引いてしまうようになりました。勿論、そうしてもらいたくて書いたので、私は気楽に暮らせるようになりました。「山田さんって、人の好意を有難く思わない人ね」と噂しているのだろうと思いますが、ともあれ、ちゃんと読んでくれたのだなと思うと有難いと思うのです。

一般の方はそんな感じでも、私を講演や相談会に招いてくださる医療関係者には浸透しておらず、私の左口角に食べたもののかけらがくっついている時、それを目ざとく見つけて注意をせずにいないのは、不思議なぐらい変わらない現象です。

左の口角の知覚は非常に弱いのですが、ある程度まとまった時間の後にはちゃんと自分で気づけるし、そのご指摘くださる方にどれだけのご迷惑をかけるものなのか、いつも心に小さなとげが刺さったような気持ちで謝って、口を拭《ふ》いています。気付かなかったことにするという親切はそんなに苦痛なのかなと考えさせられます。ただ、ティッシュペーパーを渡してくれる人はまだいいですが、ご飯粒の半粒ほどの大きさの食べかすが全部とれるまで、自分で取ってやろうとティッシュを振りかざして追いかけてくる人がいるのには悲しくなります。

先日、そういう方に、「このご飯粒は人間としてそんなにまずいことですか？」と聞いてみました。その方は認知症の看護で相当有名な方でしたが、「自分がそういう風になっているといやだから」と言いました。おそらく口の周りに食べかすを付けている人は彼女の周りに山ほどいるはずです。

彼女はつい本音を言ってしまいました。「自分はあんたみたいにご飯粒つけてる恥ずかしい人間になりたくはないんだよ！」と。常日頃、自分がお世話している人たちを上の方から見下ろして、〝こんな恥ずかしいやつらみたいにはなりたくないなあ〟と思っていることが分かってしまい、私はとても失望したのです。

私は、ご飯粒がついていようとスカートがめくれていようとそれは病気がさせることで、それが今の私だし、何の悪いことがあるかと思うと、そういうことは気にならないようになりました。健常者の目で障害者をダメなやつだと見下ろしている方からみれば恥ずかしいやつなのかもしれませんが、そういうことは理屈として知っていて、今後は自分でちゃんと気をつけなくては、と思うことこそが当事者にとって学習するということの糧になるのです。自分で気づけるようになるということも、注意の障害では大切なゴールです。

左側の半側《はんそく》空間無視症状の回復は、自分ではどういう風に起こってくるんですか、という質問も講演会では多い質問です。それに対しては、「普通の生活の中である程度の時間も要し、痛い目にも遭い、〝良くなかったなあ〟という反省のもとに学習という現象があって、知らないうちに良くなっていたという感じです」と答えます。それも人から、「今、左、忘れたでしょう」と言ってもらうのでなく、「あ、今、左が見えてなかった」という経験の記憶の積み重ねで、特に指さし確認があるわけでなくても自分でふと気づいていけるようになる、というプロセスがあると思うのです。

高次脳機能障害の当人にとって、自身の失敗の全てを指摘して落ち度を分からせてやるという周囲の上から目線はとても苦痛で、「この人は冷たい人だ」とか「私のことが嫌いなんだ」という印象を脳の古い皮質に嫌なものとして焼きつける可能性があることを、認識していただきたいのです。

最初の一歩だけ手伝って

高次脳機能障害の人は、かなり生活動作の記憶を脳の奥に温存しています。自分を高いところから見守るような客観的な理性のようなもののほかに、残された脳が記憶している身体の条件反射の記憶。一つの動作をする時に、例えば一〇個プロセスがあるとして、初めのひとつだけを手助けすればあとはするすると自分でやり遂《と》げてしまう力が残っているのが、多くの高次脳機能障害患者です。

例えばパンツのどの穴にどこを入れるのかわからなくても、最初のひとつの穴についてだけ手助けをすれば、あとはするすると自分ではけることが多いのです。システムのどこかをちょこんと刺激すれば、脳が保存していた生活のための行動が、自動的にすると出てくるということが多いのです。

だから「何もできない人」扱いしないでほしいのです。傷ついたあとの脳は、何をやるのも面倒くさい。かといって際限なく代行していると、自分で何かする力も失ってしまいます。少し誘導して、脳が保存してきた機能を引き出す工夫が必要です。ここまでは手伝うからあとはやってごらんなさいという形で、隠れている機能を自然に自分で使えるような手助けが理想的だと思います。病前に普通にできたことなら、こういう刺激に誘導されて、隠し持った機能を出すこともあるように思います。

その際、怖がらせたりいやな思いをさせたりして、懲《こ》りてしまわないように気をつけないと、せっかくちょんと押せば出てくる機能があっても、絶対に自ら出そうとはしなくなるでしょう。自分でやろうとその気にさせる工夫をすれば、けっこう隠し持った機能はたくさんあると想像します。やれないことを山積みにして、「さあやれ」というのは勘弁《かんべん》です。

また、できるかもしれないと思うと無謀な挑戦に「えい、やっちゃえ!」と見切り発車するのも高次脳機能障害者。くれぐれも危険を伴うことだけはさせぬよう遠ざけて、最初のひと押しだけ有効に手を出すというのがいいのではないかと思います。

障害の細かな評価、丁寧な観察を！

そもそもこの人にはどういう補助が必要か、必要でないかなんて、始まる時も継続している時も、正しく評価される場面がありません。介護保険のヘルパー制度の話です。誰がどんな助けを必要としているか、ちゃんと評価することもないし、そういうことのできる人材もいないのが実情です。

例えば私にどんなヘルプが必要か。それを評価するのが、介護保険の「要介護度」ということになるのですが、とくに助けてもらう者の立場で要介護度が評価されたことはないように思います。

ただ、週何日何時間という適当な決め方で、ヘルパーの貴重な労働力が派遣されています。ヘルパーが来ている間、当事者は自宅にいなければなりません。ヘルパーの来る日中の二時間のために、こちらは社会に出て活動することが制限されるわけです。自分でないとできない子どもの学校の行事なども、ヘルパーの時間帯にかかるとあきらめなくてはなりません。そんなにせっせと出て行ける人に、ヘルパーはいらないでしょうと言われるわけですが、こんな私でも、「誰か助けてー」と言いたくなることが、毎日何度かあります。

例えば、朝の薬でふらふらになっている中、息子を起こしてごはんを食べさせ、自分も排泄《はいせつ》をすまさねばなど、てんてこまいの早朝六時～八時。この時間の低血糖と腸の動きの悪さのために、何度も痙攣発作《けいれんほっさ》を起こし、救急車のお世話になった私。ある時、息子の発熱、自分の下痢《げり》などが続き、「介護保険でなくていいから、誰か早朝に来てくれる人を探してー」とケアマネージャーさんに泣きついたのでした。

この時間帯は、介護保険ではヘルパー制度を利用できないというのが、今まで来てもらえなかった理由でした。また、息子の朝の世話は、本人のヘルプとは別物ということにもなり、ヘルプ内容に入れてもらえません。いちいちごもっともで、返す言葉もありませんが。

一人ひとりの生活の細かな評価なくして、「補助」という名目のお金が動くこと自体、少々違和感を感じるのは私だけでしょうか。私の社会生活の足枷《あしかせ》になるような昼間のヘルプなら全部返上していいですと思わず啖呵《たんか》を切り、「そうですか、では介護保険はいりませんね」ということになったのでした。

世間的には「山田さん」はがんばってここまでに回復した人。そして講演も文筆活動もできる。なら、もう助けはいらないねと、足元のはしごを急に外すような発想ではないでしょうか。それができるようになった陰に、どんな苦しい思いがあったかとか、脳出血の再発など、どんな危険があるかなどの事情は鑑《かんが》みられることはありません。

その人、その人に対しての細かな評価、丁寧《ていねい》な観察なくして、本当にむだなく効果的な福祉はありえないと思います。私を例にとると、日中の近所の買い物は自分で充分にできる。ただ、ある種の掃除とか、布団干し、洗濯物たたみ、繕《つくろ》い物、ごみの分別などができません。やってもらいたいことをリストにすると、自分がどんなことに困る障害なのかがわかります。こうしたヘルプをしてもらって助かるのも事実で、「ヘルパーはいらないのね」と言われるのも違うのです。

障害者の生活を的確に評価できる人材の養成が急務なのではないでしょうか。健常者の方には「勝手な障害者の理屈」に聞こえることを覚悟で、あえて言わせてもらいました。

救世主の登場

もう数年前のことになりますが、所用で出かけた先から帰ってきて以来、生活リズムの混乱なのか薬の副作用が強くなり、しばらくベッドから起き上がれない日々が続きました。そんなことは、それまではなかったことで、「これは自立生活に問題が出る」と、ケアマネージャーさんがすごい助《すけ》っ人《と》を連れてきてくれました。

その時のヘルパーさんは、毎朝六時にやってきて息子を起こし、朝食を作り、息子の水筒の用意までしてくれます。調理師の免許を持ち、なんでも作れるという彼女。もう子育ての終わった方で、子どもの扱いにも慣れています。朝に弱く、それまで朝ごはんを食べかねていた息子も、朝からいい食欲です。ばたばたしている朝に痙攣発作を起こしやすいこともあったので、息子の小学校卒業までできてもらうことにしたのでした。

こういう恵まれた環境を披露《ひろう》すると、ミクシィなどではねたみ、羨《うらや》みの反応がたくさんくるのですが、「何がその人の助けになるか」ということを体現してくれるスーパーヘルパーさんの存在を知ってほしくて、思い切って書くことにしたのです。

なにしろ、感情の起伏がなくなって泣くこともなくなっている私が、本当に泣きそうになったくらい、嬉《うれ》しかったのです。やっと本当に困っていることを助けてもらえる、と思ったらほっとして、思わず涙が出ました。

また、「全部任せろ！」とばかりに、私はただ座っているだけで次々にことが進んでいくのが、鬱《うつ》の私の心を軽くしてくれました。ヘルパーなんだから、そんなこと当たり前じゃないかと思われるかもしれませんが、それは間違いです。こちらからお願いしない限り、何もしてくれないヘルパーも多いのです。私は脳障害なのだから、脳機能のヘルプをしてくれないと困るのに、何ひとつ考えてくれない方には閉口《へいこう》します。

この時に早朝に入ってくださった方は、本当に私が困っていることを先回りして対応しようとしてくれたので、生きるのが非常に楽になりました。主婦の経験から、うちに病気の人がいたらこうしてあげるだろうという、ご自分の感覚でやってくださっているように思えました。

なにしろ、初めて顔合わせにいらした夕方、私が夕飯の準備に手をつけないでいたのを見るやいなや、息子に目をやり「この子に何か食べさせないと」と、野菜室の干からびたじゃが芋と玉ねぎを使って、ミルクスープを作ってくれたのです。挨拶《あいさつ》だけの日なのに。そのスープにおなかの中から温められて、涙が出そうになったのでした。ごみのような冷蔵庫の食材から、こんなにおいしいスープが食卓に出てきたのにも驚きました。

医者もそうですが、ヘルパーさんたちの心の根っこは「この人のために何かしてあげなくっちゃ」という衝動があるのだと思います。当事者に「何をしてほしいか」と聞くまでもなく、「この人のために今、私には何ができるか」を考えるのが、プロの仕事です。

救世主の登場で、その時の私の朝の憂鬱《ゆううつ》は解消され、昼になったらひとり街に出て、ついでにいくらか散歩するという日々のリズムもできたのです。

第4章

パンツとトイレとUDと

バリアリッチなバリアフリー

一人ひとりの文句は聞いていられない。
それはわかっているのです。
でも、少しでも生きやすい社会の充実のため、
まずは声を上げてみようではありませんか。

街のトイレの充実

「注意障害」という脳の故障のひとつのせいで、私は洋式トイレしか使えませんでした。和式トイレだと、まずはしゃがむまでがひと苦労です。何かにしっかりつかまって、身体の安定を保持しなければなりません。しかし、身体の安定に注意を向けると、「排尿をする」といういちばんの目的をやり遂《と》げる注意力がなくなってしまうのです。その結果、尿道の出口を緩《ゆる》めることができなくなり、しゃがんだはいいけれど、尿は一滴も出なくなってしまうのです。

しかし、最近では背に腹は代えられぬ時などは、「エイヤッ」と勢いよくしゃがむことで、第一目的に注意を向けることができるようになりました。と、思っていたら、ここ数年で公共のトイレにも洋式が増えてきたようです。

和式トイレのワーストワンは、電車のような不安定な環境のトイレだったのですが、数年前に、ＪＲ四国の特急が洋式トイレになっているのを見つけて、万歳《ばんざい》しました。かねてから、長距離バスや飛行機のような狭い場所でも洋式トイレができるのだから、電車にできないわけがない、と思っていたところでした。私のような障害者だけでなく、脚の不自由な人、ひざの悪いお年寄りも、和式トイレは使えないと言います。ＪＲが、こうした社会的弱者の立場を考えてくれたことに、「やればできる！」という意欲を見せてもらったようで、とても嬉《うれ》しい出来事でした。

たかがトイレ、と笑うなかれ。「がまんしろ」と言われても、トイレが近い病気というのも、この世には少なからずあるのです。

糖尿病もトイレが近くなる病気です。体内の過剰な糖を血液外に出したくて、利尿の機能を使っている病気ですから、血糖が下がるまでどんどん尿が作られるのです。私もそうですが、脳の疾患《しっかん》から尿が増えることもあります。これも見えざる障害なのです。

こうした社会状況に反するかのように、地域の小学校やお年寄りも使える公共の施設などは、いっこうに洋式になる気配がありません。車椅子用のマークのついた広いトイレはあるのですが、こうしたトイレは、片麻痺《へんまひ》の人が使えるほうの手でトイレットペーパーを取ろうとすると、届かないか、便器から落ちそうになることがあります。視覚障害者にとっては広すぎて、便器のある場所まで壁をつたって歩けないので困るという話を、ラジオで聞きました。そうした不便は位置感覚に障害のある私たちも同じです。目の距離感が正確でないので、触れることで距離感を代わりにつかんでいるからです。私のような小うるさいおばさんが文句《もんく》を言う姿も、美しくはないと自覚しています。

また、別の障害の方には、別のご意見があることも。でも、地域社会の充実のためには、どんなこともまずは声を上げることから。ダメでもともと。まずは希望を述べることからやってみようではありませんか。

衣類の「装着完成図」を添えて

高次《こうじ》脳機能障害《のうきのうしょうがい》では、感覚器がとらえた現実の情報を、脳が正しく分析しないという大きい問題点があって、世の中の現実、現象、いわば森羅万象《しんらばんしょう》の数だけ困ったことが起きるわけです。そんな無理難題に応《こた》えられるバリアフリーなんて、そもそもありえないと考えるのが普通かもしれません。

例えば、私は最初、パンツを手にした時、「どの穴に何を入れればはけるんだっけ？」と考え込みました。そんな人のために、下着メーカーが従来の常識的な大量生産パンツのデザインを変える必要はありません。

パンツをはけない人の障害のメカニズムなど、普通に考えれば非現実的なことであって、「漫画的なこと」なのかもしれません。

私のような頭頂葉《とうちょうよう》の障害で、自分の身体の位置を自分で認知しにくい障害者では、自分が身につけるものに対して、自分自身がどういうふうに接触すればいいのかというイメージが頭にありません。下着のこの丸みに自分の身体のどの部分がはまるのかという立体的なイメージが持ちにくいのです。

洋服も、例えばハンガーにかかっている状態で、すでに人間の身体の形をイメージできるようなスーツなら着やすいのです。ハンガーにかかっている形に、自分がはまり込めばよいだけだからです。

一方、身体を締めつけない、一般的に「着やすそう」な、ふわっとした服は難物です。着用後のイメージが持ちにくいからです。それを「着やすい」と思う人は、自分の脳の中の装着後の形を理解できるからこそなのです。極端な話、着ぐるみのように、あるべき形のままになっている洋服がいちばん着やすいのです。私は、息子か誰かが着させてくれるならよいけれど、こうした服をプレゼントされると途方に暮れてしまいます。

下着や洋服をユニバーサルデザインにするからといって、デザインまで変える必要はないと思います。しかし、もし叶《かな》うことならば、「装着完成図」みたいなものを添えてほしいのです。普通の人にとっては「ばかにしているのか」と思われるような図になるかもしれませんが、私たちにとっては、それがあればイメージを湧《わ》きやすくする、大きな助けになるのです。

バリアフリーの陥穽

私はいろんなところで、「見ているものの形が持つ意味が分からない」ということを言ったり書いたりしてきましたが、その意味が健常者の方には伝わりにくいようです。時計の文字盤の意味に始まって、タイルの床や柄物の絨毯《じゅうたん》などでも、上を歩いていると、模様のように見えているものがただの平面の柄か、深さのある穴なのか何らかの出っ張りなのか、それとも表面の性状が違うということなのかが理解出来ず、理解出来ないままそういうところに不用意に立ってしまったことに気づいて、ものすごくぎょっとして飛び退いたり、ということが実際にあるのです。逆に、あまりにもメリハリのない一定のトーンの床でも、床表面の状況をぱっと理解出来ないという意味で、そこに段差があっても気づかないということもよくあることです。

建物や施設のバリアフリー化の象徴のように思われているスロープはとても安全な構造であるという市民権を得ています。確かに、段差のように足元を踏み間違えてドカンと下に落ちるということはないので、怪我は少ないでしょう。

しかし、私のように足元の状況を視覚でつかみにくい者にとって、話は簡単ではありません。まっすぐ進むと地面は向こうに傾いていて、自分の身体はどうやらだんだん低くなっていくのだということが察知できても、もともと視覚に距離感もなく、どのぐらい向こうにいくとどのぐらい地面が下がっているのかがわかりませんから、本人の心が感じる恐怖は階段を見ないで降りている時にまさるものがあります。次に踏み出した足がどれだけ下がるか、むしろ状況によっては段差の方が予測しやすいこともあります。

スロープが障害者にとって安全なものでありうるためには、絶対に、手すりなどのつかまるものとペアでの設備でなければなりません。常識的に、エスカレーターは必ず手すりと昇降システムがペアになっていて、商業店舗などでは、必ずしつこいほど手すりにつかまるようにアナウンスがあります。スロープというのは前進していく動力が自前ですから、そんなには暴走しないだろうという前提がありますが、考えようでは、足元などそう気にせずまっすぐ進めば上がるか下がるか自動的に行えるという点では、エスカレーターと同じ仕組ではありませんか。

スロープはバリアフリーだから安全とか、矢印があるから迷わないといったような発想は、実態に照らしてよく考えると、とても短絡的なのです。

「絵文字はわかりやすい」の思い込み

香川県の広報誌「ＴＨＥかがわ」に、ユニバーサルデザイン（ＵＤ）についての記事があり、勉強になりました。その記事によると、ＵＤの七原則は、

1. 公平性
2. 自由度
3. 単純性
4. わかりやすさ
5. 安全性
6. 身体への負担の少なさ
7. スペースの確保

だそうです。

さて、ここからは揚げ足を取ろうと思って書いています。「4．わかりやすさ」の例として、「絵文字によるわかりやすい表示」というのがあるのですが、絵文字は誰にでも本当にわかりやすいでしょうか。それはある種の思い込みだと、私は思っているのです。

例えば私。脳の頭頂葉という場所を傷つけてしまった者には、ものの形や矢印など「記号」や「絵」の形そのものはわかっても、それの持つ意味がわからないことが多いのです。ですから、絵文字だからわかるだろう、と言われても、そうもいかないことがあります。世の中には、その表示でわかる人がほとんどですから、それが悪いとは決して言いません。が、ものすごく少数派のためにできることも考えないと、本当のUDではないということも知っている社会であってほしいなあと思うのです。身勝手ですが。

障害者用トイレで最近やってしまった失敗を一席。

用を足して、さて流しましょうと立ち上がった時、目に入ってきたのはたくさんのボタン。「ああ、ボタンを押せば流れるのね」と、手近で、いちばん大きくて押しやすいボタンを押しました。で、よく見ると、そのボタンに描かれていたのは看護師さんのマーク。それがいちばん大きいのは、緊急性を考えると当然だし、私のようなものが迷わず押せるのですから、ある意味で大成功でしょう。でも、今、私が押したかったのは、水を流すボタン。さて、それはどれ？

いろいろな障害者が入るのです。「マークを描いたからOK」というところで思考をストップしてほしくないのです。

ユニバーサルデザインでは対象外

香川県社会福祉総合センターという、立派な建物に行った時のこと。小ホール、小さな宴会場などの一角に、これまでに世に出たユニバーサルデザイン（UD）のいくつかを展示したスペースがありました。手指に力の入りにくい人のため、小さな力で切れるはさみやホチキスなどが並んでいました。

「え？　これだけ？」

思わずそんな気持ちになったのは否《いな》めません。この展示物だけでは、UDってなんなのか、まったくわからないので、書店で「UDの本はありますか？」とたずねると、「そういう本は当店にはおいておりません」と、即答されました。調べもせず、五秒で返事が返ってきたので、よほど読者のいない本のようです。

しかたがないので、ネットで探して『ユニバーサルデザインの教科書』（日経BP社）というのを注文しました。数日で送られてきました。「教科書」と名がつくのだから、私にもすぐにUDがわかるのだろうと期待して本を開くと、それはそれは細くて小さい文字。もともと強度の近視のうえ、最近は脳障害由来の認知異常から、見たものを即座に理解しにくくなっています。しかも四〇を越えて老眼ぎみ。目が文字の形を識別しにくく、殴《なぐ》り書き、散らし書きなど、字に規則性のないもの、小さい文字は非常に読みにくいのです。

しかし、とにかくUDとは何か、定義を知らないことには、批判するにも、陳情《ちんじょう》するにも話になりませんので、目を皿のようにして読み始めました。すると、その定義として、こんなことが書いてありました。

「さまざまな使い手が、どのような体勢ででも、製品の重要な構成要素をはっきり認知できること」

してみると、この本は字が見えにくいという時点で、UDではないのでは？　図や表を組み込んだレイアウトのせいか、改行の際に次の行の頭も探しづらいのです。

脳損傷による高次脳機能障害のような、いわゆる認知障害は、既存のUDとされるものではほとんど対象になっていません。考えの隅っこにも入っていないと感じられるのが、現在のUDの現状らしいということも感じ、残念です。

雑誌や新聞を読んでいて、次の行に移る時、次はどこから読めばいいかわからないなど、私たちにはよくある困難です。それなのに、赤い・（ドット）などの印を行の頭に置くとか、さっき終わった行の最後の文字を、文頭にもう一度入れるなどの工夫を、高次脳機能障害者向けの冊子などでさえ見たことがなく、残念です。新聞は、文字を大きくしたり太くしたりしているようですが、レイアウトに工夫をしたとは、聞いたことがありません。

『ユニバーサルデザインの教科書』という本は、重い本でした。左手の不自由な私には少しタフな本だったので、斜めに読んで気になる言葉を拾わせていただきましょう。

「実験的経験による知識こそ大切」

「ユーザビリティーを洞察《どうさつ》する」

つまり、使い手がやれること、やれないことを思いながら実験的にやってみることでUDのアイデアは湧いて出てくる、という意味でしょう。この「洞察」を、できる限り広い範囲に広げていただきたいと、切《せつ》に願います。

「片手仕様」の商品、施設はない？

今、世の中には片方の手しか使えない人、かなりいると思うのです。昔なら、四肢《しし》のどれかが欠損している戦争の負傷者がけっこういたそうです。うちの父親の著書に『四肢切断術』（金原出版）などというものがあるくらいですから。父は第一陸軍病院（今の国立国際医療研究センター）の整形外科の医師でした。戦争で負傷し、感染症を起こして壊死《えし》した手脚をかなり切断したそうです。

そういう人を見かけることもなくなりましたが、それにとって代わったのが交通外傷だと思います。あるいは、糖尿病による四肢末端の壊死の切断です。私のような脳卒中の後遺症としての四肢麻痺《まひ》でも、片方の手しか使えません。

それなのに、世の中の「もの」たちは、片方の手だけで生活する人をまったく想定していません。例えば、お菓子やパンなど包装の、「この方向に引っ張って開けてください」というごく一般的な表示に、「そんなことできないよ」と思うことがしょっちゅうです。

残り物のおかずをしまう時にかけるラップも、片手で箱を持ち、片手でラップを引き出す「両手仕様」です。そこで、私はファスナーつきの保存用パックを使います。これなら、片手でファスナーを閉められます。しかし困るのは開ける時。きっちりファスナーを閉めてしまうと、今度は片手では開けることができません。動く右手で片側を持ち、もういっぽうのわずかなつまみ部分を嚙《か》みついて前歯で引っ張るしかないのです。すると、製品によってはつまみ部分が裂けてしまい、結局はさみで切らないと中身が出せなくなります。

「少しの力でできる」というようなユニバーサルデザイン製品はよくあるのですが、「片方の手しか使えない」というところまでは気が回っていないのが現状のようです。

バスもそうです。車椅子の対応はしているのですが、片手対応はあとまわし。例えば、私の場合はこんなふうに、えっちらおっちらバスに乗り込みます。
　1．動く右手で手すりを持ってステップに上がる。
　2．いったん手すりを離し、また同じ右手でパスカードを機械に入れる。
　3．もう一度手すりをつかみ、身体を引っぱり上げる。
荷物などを持っていたら、もう大変です。しかし、荷物を持たないわけにいかないので、荷物は左肩にかけて、身体の一部とみなすように言い聞かせています。第一、もたもたしていると、ほかの乗客に迷惑ですよね。

　とはいえ、バスや電車などで使うパスカードは、私のような障害者にはとても便利です。なにしろ財布《さいふ》もほとんどの商品が「両手仕様」なので、小銭を取り出すだけでもう、ひと仕事した気分になっていたのですから。その点、カードが使えるようになって、すばやく料金を払えるようになりました。

　脳卒中の後遺症には、私のような「片麻痺」の人はとても多いのです。どのくらいの施設や商品に、こうした障害を想定した対応がなされているか、一度調べてみようとたくらんでいます。

第5章

生命力の源は…

命をくれた家族、そして友人たち

「楽しいんだよなあ、こういうの」

緊急入院した病院のベッドで息子が言いました。

この子のところに戻るために、何度脳出血に倒れても

あの世から帰ってきたのだろうと思うのです。

自慢の息子です

女子医大時代の友人の仕事仲間のお子さんが、医療ミスによる呼吸不全状態で生まれ、脳障害を負ってしまいました。そのお子さんの旺盛《おうせい》な回復力にいっしょに一喜一憂《いっきいちゆう》しながら見守るのも、脳が回復、成長していく過程の勉強になります。そして、たいして注意も払ってやらなかったのに、すくすくと勝手に育ってくれた息子を見直したりしています。

息子、真規《まさのり》くん。彼はもう一一歳になりました（親本の単行本執筆当時の年齢。今はもう高校生です！）。体重は三八キロあります。おそらく思春期《ししゅんき》食思不振症《しょくしふしんしょう》という状態だったであろう私の、一八歳の時の体重と同じになりました。靴のサイズも私と同じ二二・五センチ。

大きくなりました。なんたってめちゃくちゃよく食べます。水泳で筋肉もつき、さらにその上に脂肪までつき、どっしりしてきました。幼稚園の制服の袖《そで》が余ってパタパタしていたのが昨日のことのようなのに。

私に何かあると「自分がなんとかしなくちゃ」といつも思っているようです。台所に薬を飲むためのヨーグルトを取りに行って痙攣《けいれん》が始まった私が息子の名を呼ぶと、「大丈夫か？」と覗《のぞ》きにきて、「大丈夫じゃないな、こりゃ」と言って、キャスターつきの椅子を持ってきてくれました。

母の胎内《たいない》から出てから二〇分間も泣くことができなかったという、あのお子さんの小さな足の写真を見ながら、私はこの息子に、どのぐらい母があなたを愛していて、感謝しているのかを、どうやって伝えればいいのか、わからなくて困っています。抱きついたりキスしたりするといやがります。男くさくなってきて、「やめんかあぁー」と言われてしまいます。

彼にとっての私は、自慢の母でした。「まあちゃんのおかあちゃんなんか、お医者さんやぞお」ってよく自慢してくれていました。今では自慢の息子です。

わが家の愛読書、『ヒロシです。』（扶桑社《ふそうしゃ》）の中の、「そのドアを開けないでください。お母さんが昼間から寝ています」というネタに、彼はうけていました。「うちもおんなじだあ」って。

そういう時、「まあちゃんのお母さんは病気だからしかたがないのよ」とわざわざ諭《さと》してくれる大人がいます。彼は、そんなことは百も承知です。彼にとっては、親切にそう言われるのが「ウザイ」ようです。

息子はけっこう厳しいトレーナー

近頃、ヘルパーさんに頼むのがわずらわしいので、ええい自分でやっちゃえ、ということがよくあります。うちの息子も、「おかあちゃんはもう元気」と思っているらしく、行ったことのない場所に、バスや電車で探検に行こうという要求がけっこう厳しいのです。

高松市内に焼き肉屋なんていっぱいあるのに、わざわざ二〇キロ近く離れた街に電車に乗って食べに行こうと言いますし、マクドナルドだってバスで行くし、とんかつ、回転寿司《ずし》はバスと電車を乗り継いで、しかもさらに一〇分歩くところに行きます。賢《かしこ》くて優しいはずの介護少年は、けっこう厳しいトレーナーでもあるのです。おかげで体力はつきました。息子はできすぎた子のように思われることが多いのですが、家ではワンマン亭主のようでもあるのです。私も、可能なことはなんでも付き合ってやりたいと思うので、つい汗だくでマクドナルドにたどり着くことも多いです。その無理が聞けるようになっている自分の体力に驚くことがあります。

　高次《こうじ》脳機能障害《のうきのうしょうがい》に関してはどんどん歩いたほうがいいのでしょうが、そこで手放しでどんどん行くわけにいかないのが、私のモヤモヤ病という箱入り娘です。あまり調子に乗って疲労すると、脳血管に穴を開けて困らせてくれます。もう一度起こったら一巻の終わりになりかねないので、息子に頼み込んではタクシーに乗せてもらっています。

　息子は、自分なしでは母はちゃんと世間に出られないと思っていて、取材の方とお会いするスケジュールから彼をはずすと怒ります。そんな息子の無理をもっともっと聞くためにも、私の無理は禁物。一日コンピュータの前に座って、私なりの社会と会話して一日を終えます。「もうちょっとがんばってみようかな」が常でしたが、今は「今日は終わり」と決めたら絶対に終えます。「明日やろう」と先送りできるようになりました。

　かつてはそれができない人間でした。何がなんでも今日終えて、仕事は明日に持ち越さないのが信条でした。しかし「明日やってもいいんだよ」という選択肢も持てるようになったのは成長でしょう。

どこでも二人でいれば「うち」

雪の多い冬だった、二〇〇六年一月のある日のこと。

前日の朝から緊急入院していて、多少過剰な暖房のもとでぬくぬくしていました。前日の朝にちょっと想定外の痙攣発作に見舞われ、セコムの緊急通報ボタンを押し、救急車に連絡が行き、本当は学校に行くはずだった息子に付き添われて救急搬送《はんそう》され、一日入院となった次第でした。

いつものように起きて薬を半分ぐらいだけ飲み、まだ布団《ふとん》から出てこない息子を見て、「一〇分だけ」と不用意にベッドに転がったのがいけなかったのでしょうか。気づいた時には気分が悪くて、「これはやばい」と思い、「まーちゃーん、助けてー」と薬をくれるように頼みました。まあちゃんが駆《か》けつけた時には、がくがくとひきつけて痙攣が始まっていました。飲むべき薬二種のうち一種を飲まないまま寝てしまったのです。まったく不注意でした。二度寝はまあちゃんを送り出してから。薬を飲む時は必ず全量、と反省、教訓になりました。

二人とも朝ごはんを食べられずに病院に行くはめになり、病院から学校に電話をして息子を休ませ、救急科に入院したのでした。薬の飲みそこないという原因のはっきりした痙攣だったので、特別な処置もなく、採血して血液中の薬の濃度を測っただけで病室に寝かされていました。

息子は夕方まで付き添っていて、迎えにきたおばあちゃんと夕飯を食べに行きました。

その後、ひとりで家に帰り、お留守番をしたのでした。

翌朝は「ひとりで起きる練習」と言って、目覚まし時計で起き、自分でお風呂《ふろ》を沸《わ》かして入って、病院の朝食がすんだ頃に、病室に「おはよう」とシャッキリして現れました。ひとりでバスに乗ってやってきたのです。

病室は救急に対応する部屋で、五人部屋に私ひとりという状態でした。夜中に何人来るかはわからないとは言われたものの、とても静かで広々としていて、すっかり熟睡《じゅくすい》。「寝たー！」という満足感と共に目覚めすっきり。食事の心配もいらず、よい休養になりました。

ついでに半年ぐらい撮っていなかった頭部のＣＴを撮り、悪い変化がないことを確認。私の頭に存在して、その時で既に五年になっていたあの巨大な病巣《びょうそう》は、かなりよくなっていました。その死んだ組織に替わって、順調に新しい脳細胞や神経膠《しんけいこう》細胞がその部分に充塡《じゅうてん》されていけば、限りなく元の脳に近くなっていくと予測され、すごくいい知らせを聞いたように思ったのでした。

そもそも、痙攣だって傷ついた脳の組織が改変されて、正常な組織に置き換われば、当然なくなっていくと思われ、なんとなく希望の光が見えた気がしました。

この入院中、息子は長い時間、私のベッドでゴロゴロしてじゃれつきながら、こんなことを言いました。

「めちゃくちゃ楽しいなあ」

母が入院して楽しいのも変な話ですが、検査にいく私の車椅子を押したり、入院のベッドでくすぐりあいなんかをしながら言うのです。

「寝るとこがあって、食べるものがあって、おかあちゃんと僕がいたら、どこでも『うち』なんだよな」

少し〝お兄ちゃん〟になって、夜もあけやらぬうちから電車に乗って学校に通い、息子の心も少し疲れていたのかしら、と思いました。また、痙攣発作を見ていやな気持ちになる反面、思いきり親子の時間が取れたことで、狭いながらも楽しく二人で暮らしてきたあの部屋、あの時間、思い出がよみがえったのでしょう。

その当時、一二歳だった息子と私の、長かったようで短い暮らしは、確かにおままごとのようで楽しいものでした。どこでも二人でいれば「うち」と安心してくれているならば、ポンコツで何もできない母としてはこんなに嬉《うれ》しいことはありません。

息子に生命をもらいました

日本テレビの番組で、私の暮らしぶりをドキュメンタリーにしたものが放映された時のこと。いろいろな反響をいただきました。

「よかった、よかった」の絶賛型に加え、「山田家の食事の栄養バランスが悪すぎる」というご意見。ごもっとも。「脳を病気で損傷した身内の症状の理由に納得できた」というご感想。そして、「生命力の源は息子なのだな」というご指摘。それはもう、そのとおりです、と声を大にして言いたいことです。

私は息子に生命をもらっています。世にいう臨死体験《りんしたいけん》のうちに入るのでしょうか、この世に舞い戻ってから何度か繰り返し見た夢があります。テーマパークのような大きな遊園地の出口に向かって、人ごみに流されて歩いている私がいます。家路を急ぐのか、人ごみはどんどん私を押していきます。私はとうとう出口を出てしまうのです。

「これはいけない！」と、私は踵《きびす》を返して人ごみを逆流し始めます。誰かに「いったんご退場なさった方は……」などととがめられます。「すみませーん、子どもを置いてきてしまってー」と叫んでいる私。

私は頼めばダメとは言われまいと考えています。人ごみは、なおも出口に向かっています。どんどん押し出される私。がんばればなんとかなると思って逆流する私。

この夢に、それらしい落ちはありません。ただ、目覚めた私は、「きっとそのあと息子に会えて帰宅し、何ごともなかったように『あー疲れたね』なんて言っているのだろうな」という気がするだけなのです。

しかし、まだ小さい息子とはぐれてしまった焦燥感《しょうそうかん》は、生々しく残るのです。いったいいくつの息子を捜しに戻っているのだろう。

今は、たいていは先にさっさと行ってしまい、「おかあちゃんこっちだよ、早く早く」なんて手を振る少年になっていて、足取りのおぼつかない私に置いていかれる幼児のイメージはありません。

こうした夢を見るたびに、やはり私は、息子のところに戻るために、何度脳出血に倒れても、あの世から帰ってきたのだろうと思うのです。夢で見たような、もうあんな心細い思いはすまいと、息子の手を握ることがあります。

もう彼も来年は中学生。このへんが握り納めだろうと、少しさびしい気がします。元気に自分の世界を見つけに行きなさい。おかあちゃんの足元は、もう自分で心配できるようになったから、気にせず行っていらっしゃい。

おかあちゃんは、みんなに助けてもらってなんとかやっていくから、きみはもう心配しなくていいよ。

【追記】

この原稿を書いた時から更に五年の年月が経ち、彼は今、高校生になりました。

真規へ。おかあちゃんにも生きている間にやっておかなくちゃいけない仕事が見つかったから、毎日、元気で出かけるよ。君は君の時間を思い切り生きてきておくれよ。

生きていてくれてありがとう

ある時、突然、高校時代のクラスメートからメールをもらいました。彼は高校の三年次のクラスでいちばんの秀才で、少し近寄りがたく、二人で話したことなどありませんでした。それが医師国家試験の日、偶然同じ受験会場で休憩時間に廊下《ろうか》で出会い、ひと言ふた言、言葉を交わしたのを覚えています。

その彼が脳腫瘍《のうしゅよう》を患《わずら》ったこと、手術後再発したり、私と同様の癲癇《てんかん》発作の後遺症に苦しめられたことなどが綴《つづ》られていました。そこには、「テレビで山田さんが必死に生きようとしている姿に感激した」と書いてありました。そして、「いろいろな困難があろうこととお察ししますが、めげないで前に進んでください」とも。

脳腫瘍という言葉がにわかには信じられずに、岡山に住んでいた頃、偶然同じマンションにいたこの人の弟さんの奥様に電話をして聞いてみたら、「そうなんです。義兄は脳腫瘍を患って、関東の一都市に単身赴任で行っていて、お見舞いに行ったら放射線治療で髪が抜けていたの」と言うのです。本当に大変な事態だったようでした。

そんな状態でありながら、その赴任先で今も職場の責任者として働いているそうです。そして、一クラスメートでしかない私の心配までしてくれている。励ましてくれている。「私は私にしかなれない医者になる」などと言い、楽に生きることにばかり一生懸命になっている私に、こんなに偉いクラスメートがいたのだと、少し愕然《がくぜん》としたのでした。

その彼が、私を懐かしいと思ってくれてメールまでくれたということが嬉しくて、涙が出ました。私は何もしてあげることはできないけれど、テレビを見て感激してくれたという彼の心の窮状《きゅうじょう》を察することができました。何人かお子さんもいて、今が整形外科医としても医局の中心で、あぶらの乗り切った時であろうことも想像できます。

せめて、直接励ましのひとつでも言いたいのですが、自分の身体がままならないというのは本当に悲しいことです。こういう時に、しみじみ感じてしまいます。遠い地で、私のようなうだつの上がらぬ同級生のことを思い出してくれているかと思うと、嬉しい限りなのです。

息子にその話をしたら、「がんばるなって言ってやりなよ」と言います。そうだな、と思い、さっきメールを返信しました。返信してから、そんな軽い言葉だけじゃなくて、もっと何か、ちゃんと書けたらよかったのにと、後悔したのです。私の壊れた脳では、その場で正しい判断や深い洞察《どうさつ》ができないので、あとになって思いが湧《わ》き上がってくるのです。

脳に傷がついて鬱《うつ》的になると、逆にどんどんワーカホリックになってしまう人は少なくありません。そんな時、誰か身近な人、または尊敬する誰かに、「もう休みなさい」と言ってもらえるといいのですが。

私はいつでも彼の同志であって、いつも応援していることを、どうやって伝えたらいいのかわかりませんでした。クラスの自慢の秀才で、いつもはるかに前のほうを行く同業者で、世界中に自慢したい友達だから、元気で楽しく長生きしてくれることを祈っている、この気持ちを伝えたいと思っていたのです。

今、生きてくれているのが嬉しいことを伝えたい。「よく生きてたね」って、ほめて、ほめて、ほめて、ほめまくりたいのです。かつて、小さな息子が私にしてくれたように。

人々の生きる強さ〜脳外傷の会で

二回目の脳出血を起こし、岡山で暮らしていた頃のこと。「脳外傷」というホームページを見つけ、交通事故などで脳に外傷を負った人たち、多くは二〇代前後の若い人たちの実情を知りました。彼らにも私と同じような高次脳機能障害の症状があるのですが、多くの医療機関で、脳にダメージがあることさえ認めてもらえていないのです。

掲示板に熱心に書き込んでこられる、あるひとりの男性と話をするようになりました。この方の一〇代の息子さんが、頭部を強く打撲《だぼく》したのち、病院の検査上ではなんの異常もないと言われるのに、明らかに行動の不具合を呈《てい》しているそうです。

その頃、私自身も自分の不具合をやっと自覚し始めて、神経心理学の勉強を始めたばかり。とにかく自分に何が起きているのか知りたくて、本を読み漁《あさ》っていました。その男性にも本を紹介し、「まだ多くの医者も世間も、こういうことがあるのを知らないらしいですよ。まず自分で勉強しましょうよ」とお誘いしたのでした。

息子さん思いの男性はどんどん勉強され、わからないことが出てくると、お互いに「ああではないか、こうではないか」とやり取りするようになりました。その頃から岡山大学には、日本有数の症例数の脳外科がありました。そこで、私たちのような患者はもっともっとたくさんいるに違いない、こういう地域こそ、患者会があってしかるべきではないのか、という話に発展したのです。

「ぜひ作りましょう」と、私はたきつけるばかりでしたが、この人は着々と行動を起こし、全国組織の「日本脳外傷友の会」の助けも得て、「おかやま脳外傷友の会・モモ」という、立派な患者会を組織してしまいました。その行動力に、ただ驚き、感心したものでした。

私の体験をまとめた『壊れた脳　生存する知』を出版したのは、その後、数年が経ってからです。その本も全国の患者会に紹介してくださったのです。

「息子の症状も、患者会に所属している患者さんたちの症状も、全くこの本のとおりなのです。思いも同じなのです」

それが紹介してくださった理由でした。障害のために、自分の言葉で、自分の状態を説明できない人でも、「これを読んでください。これと同じことが、私にも起こっているのです」と説明すれば、わかってもらえるようになる、と。

こうして、誰も気づいてくれなかった高次脳機能障害が、いつしか少しずつ社会の中に浸透《しんとう》してゆくようになったのです。

この「おかやま脳外傷友の会・モモ」の主催する集会にお招きいただいたのは二〇〇四年のこと。多くの同病の皆さんとお会いすることができました。ほとんどが二〇～三〇代前半の若い方たちです。こんなに若い、未来ある青年たちが、高次脳機能障害の足《あし》枷《かせ》で苦しい毎日を送っている現実にあらためて驚き、同時に、この若者たちのために立ち上がった会の創設者、清水正紀《しみずまさのり》さん（くしくも私の息子と同じお名前）のご努力に頭の下がる思いでした。

清水さんはご自分の経験や知識から、ほかの参加者の悩みに一つひとつ答え、一人ひとりを励ましておられました。その人格といい、包容力といい、この患者会を作るのはこの人をおいてほかになかったのだなあと思いました。

受傷時はまだ一〇代だった息子さんは、一時期、荒れて問題行動（ものを投げたり、ガラスを割ったり）もあったそうです。その彼がとても優しい青年に成長しておられました。なにより苦労されたお父さんが「本当に優しい子に育ってくれてねえ」とおっしゃったのが印象的でした。

そんな彼が、「時には二階の窓から飛び降りたこともあったんです」と言うのを聞いて驚いた私は、思わず「飛んでみてどうでしたか？」と聞いてしまいました。そんなぶしつけな質問にも、「痛くて痛くて、本当に死ぬかと思いました。だからもうしないほうがいいな、と思ったんです」と笑いました。その笑顔を見て、親子が経てきた苦難の日々が、きっと喜びとなって返ってくるに違いないと、つられて笑ってしまいました。

そして、多くの人が、この人の生きる強さに励まされているに違いないと感じたのです。清水さん親子は、どんな時にも当事者や家族の悩みをきちんと聞き、自殺を考えるほど思いつめる患者たちと愛情こもった話し合いをし、何人の人生を救ったか分かりません。この温かさに触れ、癒《いや》される人たちも多いことでしょう。この私も大いに癒され、温かい思いを胸にたくさんつめて、息子と二人、高松に戻ったのでした。

第6章

障害を含めた私の未来

白衣への思い、新たに

まだ命は永らえそうです。
そして医師免許も生きている。
高次脳機能障害の人々が、
社会の中で安心して生きられるように紹介する。
これが「私にしかなれない医者」です。

見えざる障害者

そもそも、私が高次脳機能障害《こうじのうきのうしょうがい》の勉強を自主的に始め、世間に知ってもらいたいと思ったのは、勿論《もちろん》自分がその当事者だったからです。しかしもうひとつ、当事者の多くが脳外傷の若い人たちで、こういう人たちの助けにはなれないものかという気持ちもありました。

手探りで分析した自分の症例ですから、脳に傷を受けたすべての人のためになればこんなに嬉《うれ》しいことはないのですが、一時期老人医療にも携《たずさ》わった経験も経て、できればまだ人生の大半が終わっていない若者たちのために何かしたいという気持ちでいっぱいでした。

今はもうなくなってしまった「脳外傷」というサイトで、何人かの若年者の高次脳機能障害の事例に触れました。そして、まだいろいろな可能性のある若者たちの代わりになって、彼らの入る世界の代弁をしたいという気持ちが湧《わ》き上がったのです。

インターネットで出会った若者の何人かは、メル友としてメールをやり取りしたりするようになりました。そして、彼らの本当に感じていること、彼らを取り巻く社会や、彼らにストレスを与えているものが見えてきました。

二一歳のかわいいお嬢さんは、ふだんの生活に煮詰まると、大阪から長距離バスに乗ってやってきて、うちに泊まって胸のつかえを吐き出すようになりました。若い彼女の来訪で、いつもかわりばえのしない母子家庭にも光が差すようです。

ほかの若い当事者たちに話を聞くと、彼らには私が「前子《ぜんこ》ちゃん」と呼んでいる、自分の生命活動を支える理性ともいうべき存在が現れない、と言います。

岡山で患者会をしておられる当事者のお父様に聞いたところ、自問自答することで思考を整理する作用は多少あるらしいが、知識や経験に基づいた「前子ちゃん」はおらず、受傷以前のまだ子どもといっていいような「前子ちゃん」しか現れないようだと語ってくれました。

まだ小さな子どもの「前子ちゃん」では、思考や感情が混乱した時、それを整理してくれる「内なる声」にはなりえないのです。出口のない不安や困惑で、ただ暴力的に振る舞うしかなかったり、周囲に対して攻撃的な言葉を吐いたりしてしまうのです。

でも、本人は「前子ちゃん」より成長しているので、自分のやってしまったこと、それによってまわりから浮いていく自分の状況を自覚できてしまいます。それが若い高次脳機能障害者の悲しいところなのです。それで必要以上に自己嫌悪《じこけんお》を抱き、悶々《もんもん》として社会との接触を避《さ》けるようになったり、家人に叱責《しっせき》を受けたりしているようです。

しかし、怒られたところで自分ではどうにもなりません。なぜって、自分がしていることではなくて、病気がさせていることなのですから。

職場の上司や、大学の教官に叱責され、差別的な扱いを受けたりしているという話も聞きます。そのいきさつを聞くと、やはりこういう障害が後遺症として長く残るという事実を知らないのが原因らしいのです。

わが家に遊びにくるお嬢さんも、まわりの人に理解されずに苦しんでいました。そこで、「その人にこれを読んでもらいなさい」と私の症状を綴《つづ》った『壊れた脳　生存する知』を一冊渡したところ、一応の理解が得られるようになったといいます。「きみの言っていること、していることがやっとわかった」という言葉が聞けたらしいのです。

彼女は手脚もすらりと長く、格好よく歩き、なんでもでき、日常生活動作の自立度が非常に高いのです。誰が見たって健康な、すてきにイケてる娘さんなのです。

見る限り、彼女に交通事故で生死の境をさまよった影は残っていません。ただ、彼女の脳は、以前の彼女ができていたことの多くができなくなっており、本人は日々うんざりするような障害の繰り返しに悩んでいます。いわば見えざる障害者なのです。

彼女が愚痴《ぐち》をこぼすと、すっかり完治したと思っている周囲から、「もう治ったのに、終わったことなのに、いつまでもつらいって言われてもねえ」という反応があるそうです。

「文句《もんく》ばかり言っている」とか、失敗をやらかすと「できるくせに真面目《まじめ》にやらない」と見られるのがたまらないと、その美しい口が歪《ゆが》むのです。

「そんなこと誰だってよくあることだよ」とも言われるそうです。当事者にしてみれば、健常者でも時にある症状、例えば、時間を間違えるとか、靴の左右を間違えるとか、そういった些細《ささい》に見えることでも、明らかに生活上の不自由度が違うという思いがあるのです。

「そういうひと言で片づけてほしくないんです」

そう言いながら、大粒の涙を流す彼女の気持ちが、私の胸を締めつけるのです。

やはり、「障害の存在など、考えたこともない」というレベルから、「そういう障害のことは聞いたことがある」へ。さらに、「そういう障害の人が社会に共存しているのは日本の常識」と言ってもらえる世の中にするのが、私の目標です。それこそが、「私でなければなれない医者」の本質だと、思いを新たにします。

こんな会話が普通になる社会が夢です。

「そう、あなたは高次脳機能障害なんですね。でも、まだ若いんですから、新しい仕事も覚えるし、繰り返しているうちにどんどん学習しますよね。わが社のために働いていただけますか？」

「使える若者である」という認識を、当事者にも、社会の人々にも持ってもらえるようになれば、若者の少ないわが国の社会にとっても意味のあることではないでしょうか。

病気は不運。不幸ではない

病気にかかったこと、怪我《けが》をしたことは不運であっても、必ずしも不幸ではないのではないでしょうか。

健康保険で定められている診療の点数表を見ていると、病気の数があまりにも多くて、人間の数より多いんじゃないかと思うほど。百科事典みたいに分厚い病名のリストが何冊にもなるほどたくさんあるのです。そんな数の病気の中から、あるひとつの病気にかかるというのも、ちょっと運命的なものを感じます。病気との出会いだって、人との出会いと同じで、いい出会いにも悪い出会いにもなりうると思います。

私の場合は、ある意味、面白い病気とマッチングしたので、悪いことばかりじゃありませんでした。悪いことばかりの人もいるのでしょうから、簡単に言えることではありませんが。

ただ、どんな人にも言えることは、その病気に出会ったのは、あなたのせいじゃない、それは抗《あらが》うことのできない運命だったということです。あの時こうしていれば、こんな選択をしていれば、っていう「もし」はなかったのです。

「もし、あの時こんな選択をしていなければこんなことには……」

そんな思いにとらわれてしまうことが、私たち高次脳機能障害者に多いパターンです。ずうっと普通に暮らしてきて、突然の事故や病気で脳に傷を負ってしまい、その後の人生が一八〇度変わってしまったという、「中途障害者」が多いからです。

あの日、バイクでなく電車で出勤していたら……。

階段でなく、エレベーターを使っていたら……。

かくいう私も、「あの日、仕事で疲れて帰ってから、あんな冷たい水で洗いものをしていなかったら」とか、「大学を出た時、肉体的にキツい整形外科を選ばなかったら」とさえ、何度となく思ったものです。

田舎になど帰らずに東京で暮らし続けていたら、もっと違った運命があったのではないかと、後悔に苛《さいな》まれたこともありました。しかし郷里に帰って結婚し、産んだ息子の顔を見ているると、この子を産むようにすべてが流れていて、病気も含めてほかの選択はなかったのだと、後悔は消し飛ぶのです。

病気は悪いことばかりではありません。健康一本やりではどうしてもできなかった「身体を休める」ということや、自分の心と身体を大切に見つめ直すことができたのは、病気をしたからだと思える時がくるかもしれません。確率論から言っても、あなたの上に降ってきた運命が、全部不幸ばかりということはないはずです。

身体が求めるままに眠ったり休んだりするのも自然なことです。人生には、時にはそういう時間があるのです。病気は自分のせい、こんなことをしていてはいけないと、自分を責める必要はないのです。その病気になったのは、あなたが悪かったのではありません。

病気でちょっとばかりポンコツにはなったけれど、生まれた時からずっと私を生かし続けてくれた身体の疲れも、痛みも苦しみも病気も、私が全部自分で持って、お墓まで行きたいと思っている私です。

「休むことも生きること」

いろいろな方にお手紙やメールをいただきます。病気をしなかったら出会えなかったような人たち。こういう時に、私は病気に恵まれたのだなあ、と思います。

私は東京オリンピックの年の生まれです。高度成長の中でがんばることを美徳と教えられ、スポ根マンガに熱中し、激しい受験戦争も越え、何かしていなくてはいられず、自分をあと回しにして生きるように育てられた世代です。ある意味、思考回路がスポ根なのです。しかも、四年制の大学を卒業した同級生は男女雇用機会均等法一期生で、女であることへの甘えを押し殺してきた世代です。

私と同じスポ根世代の働き者で、健康自慢だった友人が、四〇歳を越えて初めての大病をしました。ただ休んでいることが苦痛で、「もう、仕事もしたくない。これって現実逃避《とうひ》でしょうか」なんて、ぶつくさメールを送ってきました。

現実逃避、なんの悪いことがありますか。そんなの心の自由。お布団《ふとん》かぶって寝ちゃうのは病人の特権です。好きにすればいいのです。この年代の女性にとって、病気の時は、自分の自由にできる、唯一の時かもしれません。

「がんばらない、元気を出さない」と思っていたって、身体はどんな時もせっせと働いてくれます。若い頃、飲み会の居酒屋のトイレで自分のオシッコを見てはそう思っていました。こんな持ち主のために休まず一生懸命身体を浄化してくれて、いつもすまないねえって。

がんばり続ける私たちの世代のために、加藤諦三《かとうたいぞう》先生の本『心の休ませ方』（ＰＨＰ文庫）でいい言葉を見つけました。さすがは身の上相談の大家。「休むことも生きること」という言葉です。これはいただきです。メールやお便りで人様の愚痴《ぐち》を聞かせてもらうことも増えてきた私。ぜひ使わせていただきたいフレーズです。

「変えられないことは受け入れましょう」

加藤諦三さんの言葉に初めて接したのは、古くからやっているラジオの人生相談をなんとなく聞いていた時のことです。こういうラジオを聞く私というのも、皆の失笑を買うように思ってちょっと照れくさいのですが、自分が励まされることを望んでというより、私よりずっと大変でへこんでいる人達に伝言してあげたくて聞いていたのです。

これは加藤さんの著書の中にある言葉だったと思うのですが、「何かに困っている時、変えられることは変えましょう、変えられないことは受け入れましょう」という一文がありました。ごもっともですが、大人になって、突然、障害を持つ羽目になった方たちが一番できずにもがき苦しむテーマで、受け入れましょうと言われたからと言って、なかなかできるものではなく、もう少し手引きがあってくれてもいいのに、と思ったものでした。

私もその方法について、私の講演などに元気をもらいに来る人のために、なにかいい方法はないかといろいろ考えたり本を読んだりして、母校である女子医大の創設者・吉岡彌生先生の本から見つけた「心痛するな」という言葉の他、オノ・ヨーコさんが「自分にノーと言わない」というようなことをテレビで言っているのをたまたま観て、「それだ！」と思ったりしました。自分を自分らしく生き抜くために、〝自分を否定しない〟ということを言っていたのだろうと思うのです。もう七〇代のようでしたが、年長者というのはこういう言葉をいっぱい持っていて答えを教えてくれる人だよなあと、感心したのです。

　日本人の特徴かもしれませんが、何か悪いことがあると必要以上に自分を責めて落ち込み、自虐的になりがちです。高次脳機能障害者にはそういう部分が強く、私がたくさんお会いした当事者の方は、自分がこんな障害になったということに関して、なぜか自分を責め、あの日に限って自動車で出勤しなければこんな身体になることはなかったとか、後悔しても変えられない済んだことを頭の中でぐるぐる考え続けてストレスを溜《た》めている人が多いのです。自分はあの時に正しい選択ができなかったのでこんなダメな人間になってしまったというような思考、心理になる人はすごく多いのです。

　そこで、自分を否定しないという方法を誰かに言ってもらったら、ちょっとした方向転換ができていいなと思ったのが、先ほどのオノ・ヨーコさんの言葉でした。私の高次脳機能障害者対象のピアカウンセリング「お茶会」ではこれをヒントにして、患者さんの言動は決して否定しません。我慢したこと、頑張ったことはどんどん褒めておしゃべりし、他人とのコミュニケーションに抵抗を持たない方向に向けてあげるのです。病気になることは、お釈迦様でも避けて通ることのできない運命である生老病死の一つで、何の恥ずかしいこともなく、あなたのせいじゃないということを話したうえで、脳を損傷し、命の危険すらあったところを見事に生きて帰ってきたではありませんか、と皆で褒めてあげて欲しいと、ご家族や当事者にお話しするようにしています。褒めることを思いつかない時は、「顔色がいいですね」でもいいのです。そのへんは、実際に当事者の回りにいる方が、日々、励ましの言葉をかけられると思うのです。その人を肯定する環境で過ごさせてあげれば、自分の中に閉じこもるほうが楽と思うこともなくなるので、出にくい言葉も出しやすくなるのです。

中途障害でこれからの人生を思うと心が晴れないという気持ちは、私にもあります。でも、残った人生は楽しく塞《ふさ》がないで生きたい、でないと損だからと思うのです。ちなみに本書の序文でも紹介しましたが、私自身が一番癒《いや》された言葉は、脳出血で倒れる日まで同じ職場で働いていた病院の先生がお見舞いに来て下さり、「話し言葉がうまく言えなくてすみません」といった時に、「いやいや、ちゃんと言葉、わかりますよ、大丈夫です」と言って下さった言葉でした。

脳出血後の初期には、診察を受けても心理テストを受けても、できない自分を突きつけられることばかりが心に残っていたこともあり、先方がお世辞ではない様子で、言葉が分かりますと言って下さったのがとても嬉《うれ》しく、駄目になったことばかりが気になっていた自分の考え方を変えていただいた気がしたのです。

でも、約四七年生きてきた自分を振り返って、最近、なるほどなぁと噛《か》みしめているのは、やはり、「変えられないことは受け入れましょう」という一言です。そして先ほどのオノ・ヨーコさんの言葉も、高次脳機能障害によって知らず知らずのうちにたくさんの友達をなくした悔むことばかりの人生の記憶をなかったものと思うようにしようとしていた私自身を、〝ちょっと違ったかな〟と思わせてくれた言葉でした。

あきらめないために受け入れる

地元の病院から講演依頼がありました。与えられたテーマは「私たちは決してあきらめない」。リハビリを続けていれば、こんなによくなるんだよ、ということを話してほしいとのことです。法律で、リハビリに時間制限をつけると国が決めてしまったこともあり、話題が集まるところです。

そこで私は思うのです。「私って、あきらめない人間だろうか」と。現実を受け入れることから病気との付き合いは始まると思っているのです。闘《たたか》ってもどうしようもないことは受け入れる。そのうえで、できることを続けていく。そんな気持ちでいるのです。

勿論《もちろん》、病気や障害の現実を受け入れることは、自分の能力の欠損や寿命の短縮を「しかたないじゃない」とあきらめるのとも、違います。『障害者』と言われるのはいやなので、障害者の認定を受けない」という病気の医師の話を聞いたのですが、それは違うでしょうと思ったりするのです。障害者になってしまった自分を認めなくては、リハビリは続けていけないと思うのです。病気になったことは、私に非があったせいではなく、たまたまそういう運命だっただけ。

前節で私は「受け入れる」という話を書きましたが、もう少し正確に、こう言った方がよさそうです。

「あきらめないために受け入れる」

それがいちばんしっくりくる言葉の使い方でしょうか。

子どもでもできるようなことができなくなり、何度失敗しても、訓練を重ねる若者を何人も私は知っています。彼らは障害者である自分と真っ向から向き合っています。「あの時バイクでうちを出なければよかった」と自分を責め続け、何年も苦しんだのです。それが運命だったと認めることで、その人は楽になったと言います。

講演のテーマ「私たちは決してあきらめない」ですが、これは「自分の身体がもとの形に戻る力を信じてあきらめない」ということで、納得しました。子どもの頃、膝《ひざ》をすりむいて皮膚のえぐれた傷にビビっていると、整形外科医であった父が、「人間の身体にはどんなに傷ついても元の形に戻ろうとする力がある」と教えてくれたのを思い出します。

唯一無二の自分

時として、とても悲しい思いになる手紙やメールを受け取ります。中傷《ちゅうしょう》とか嫌《いや》みを受けることがあるのです。それも、反響のうちですから、しかたのないことであることはわかっています。でもやりきれないのは、そのような内容を送ってくる方の多くが、健常者であることです。

障害者にしろ、健常者にしろ、心の中でいちばん重く苦しいことは、「自分のことが認められない」ということではないのかと思いました。その時のありのままの自分が好きになれない人は、私のような機能に欠損のあるものに対して横柄《おうへい》になり、「教えてやる」とか「やってやる」という心理の見える方も多いようでした。

こちらが落ち度を見せるとヒステリックに怒りますし、人を見下げることで上位に立とうともがいているのが透けて見えます。

まず自分を好きにならないといけませんよね。この自分が唯一無二《ゆいいつむに》の自分であって、ほかに代わりがないという割り切りも必要でしょう。私だって、日々自分と障害にうんざりしていますが、「これが私だ、何が恥ずかしいものか」という気持ちはいつも持っています。

どんな偉い人の前でも、たくさんの人の前でも、テレビカメラの前でも、何も隠す気はありません。小さく無力な人間ではあるけれど、自然の成り行きでこうなったもので、その結果がこの私なのですから、恥ずかしくはありません。

べつに、いつも前向きでいようとか、そんな難しいことは思っていません。ただこの自分でしかありえないことを受け入れているだけなのです。あきらめ上手と呼ぶ人もあるでしょう。割り切り上手なのかもしれません。不本意なことがあっても、たまたま自分の上に降ってきた運命と思って呑《の》み込まなくてはいけないのが人間なんでしょうね。

思うようにならない自分の身体と付き合っているうちに「これで何が悪い」という気にもなったのですが、同時に多くの人が抱え込む、自分を受け入れられない悲しい思いみたいなものも見えてきてしまいました。

「同行二人」

人生は自分探しの旅。

そう思ってずっと生きています。

私は四国生まれの四国育ちで、四国八十八ヶ所の巡礼《じゅんれい》などを身近に見つつ、育ちました。お遍路《へんろ》さんの持ち物装束《しょうぞく》のあちこちに、「同行二人《どうぎょうににん》」と書いてあります。「南無大師《なむだいし》遍照金剛《へんじょうこんごう》」とつぶやきながら、四国の地を一歩一歩歩いていくのです。

南無大師の「大師」は、言わずと知れた讃岐《さぬき》の生んだヒーロー、弘法大師《こうぼうだいし》。「同行二人」とは、お遍路さんはひとりで歩いているようでも、いつも弘法大師がいっしょに歩いているという意味です。「いつもいっしょ」と思い続けた時、ふとした拍子に、大師さまのうしろ姿がちらっと見えるのでしょう。

そんなことを思い出しながら、そうだ、私も「同行二人だわ」と思った次第です。

私の中にはいつももうひとりの自分、「前子ちゃん」という理性が存在しています。その「前子ちゃん」と、いつも同行二人ではありませんか。前子ちゃんは自分自身でありながら、自分探しの旅の道連れというわけです。

脳は、状態が悪くなっても、人間が個体として生命を維持するのに大切なものは死守するようになっている、ということを感じます。まず、意識を維持すること。人間の脳には、自分の姿ややっていることを高いところから俯瞰《ふかん》するように見渡す機能、つまり客観視する機能があります。じつはそれが個体を危険から守り、生命を維持するのにいちばん重要なのだと思います。それが私がかねてから言っている「前子ちゃん」です。

脳の傷に限らず、身体を病《や》んだりするとかえって等身大の自分が見え、びっくりすることがあります。自分の運命は必ずしも思うようにはならないものですが、「自分探しの旅を楽しくやってやろう」ぐらいなら、自分でも意図的にできるのではないかと思っています。心痛めながら旅をしても、気楽に旅をしても、結局行き着く先は同じですよね。だったら楽しくしていたほうが得です。一回だけの人生ですから。

自分の脳との対話のすすめ

脳が傷つくと、三分前のことは忘れても、ずっと昔のこと、例えばかつて私が患者さんに使っていた薬の名前などを記憶していることがあります。また、ものすごく些細《ささい》なことでも、自分の心の優先順位によって記憶が残っていたりもします。

脳はその人にとって印象的だったことは、記憶として持っているのです。時には「フラッシュバック」というように、まったく無関係な状況で、ある場面を見せてくれます。「記憶はこんなことまでちゃんと残ってます」って、自分の人生を反芻《はんすう》させてくれるのです。

先にも少し触れましたが、料理している時、急に東京の渋谷を歩いている自分の視線が見えたりします。横断歩道を渡っている時に、当直のアルバイトに行った病院の一室が現れたりもします。もう私にとってはどうでもいい場面ですが、たくさんのシーンが記憶装置に残っているのを感じます。

そういう場面のどれもが私の歴史で、私の人生であったことを感じたりするのです。記憶は、自分が真剣に取り組んだものほど技術や知識が壊れずに残り、その人の歩いてきた人生を如実《にょじつ》にあらわします。そういう自分の足あとをずっと残しておいて、時々見せてくれるのも脳なのです。自分がまさに自分である証拠は脳が持っているわけで、もうそれは自分で一生、持っていくものです。

痛いのもつらいのも、それを感じているこの自分が私自身で誰にも代わってもらえない。その身体は不自由でも少しブサイクでも、誰にも文句《もんく》は言えないのです。それを悟ることがありのままの自分を認め、もしかしたら、好きになる助けになるのではないかと思います。

病気をすると、いつもよりいろいろなことを考えます。それはある意味、自分の脳との対話です。過去のこと。考えていたこと。未来のこと。家族のこと。友達のこと。楽しかったこと。つらかったこと。「ああ、こういう私なんだなあ」という発見も気づきもあって、私にとってはとても興味深かったのです。

まだ私には何十年かの人生があると思うのですが、私の脳が教えてくれた「これがあんただ」という自分を、四〇歳を過ぎた頃から、なんだかとても愛せる気がしているのです。

病気は人を育てる

言語障害、失語症も含め、コミュニケーション能力に問題のある患者会の方達とお会いした時のこと。

この患者会の会長さんは十数年前、四〇代で脳梗塞《のうこうそく》をされた男性で、その頃の彼は、忙しさに奥さんのことをかえりみる暇もなかったそうです。そんな時の発症で、やはり言語に障害が残りました。しかし奥さんがこう言います。

「病気は困ったことでしたが、主人がずっと私のところにいてくれるようになって、患者会の仕事をいっしょにしているといろんな人に会えて、今、私はとっても幸せなんです」

　そして、この奥さまの「今とっても幸せなんです」という言葉に、居合わせた皆もうなずいたのでした。ご主人は当時、五八歳。とても温和そうでありながら、はつらつと元気なおじさまでした。

　高次脳機能障害を日本の常識にしたいと始めた、こうした講演活動の中でお会いする人たちは、どんな障害があっても、不幸に見える方はめったにいません。

　病気というものは人を育てるところがあるんだなと思います。そう話す私の言葉にも、皆、うなずいてくれました。皆さんが私との出会いをとても喜んでくださったのがよくわかって、私も幸せでした。

「前子ちゃん」の出世

　岡山県で精神科の診療所を開設しておられる河口《かわぐち》礼子《れいこ》先生や、認知症《にんちしょう》のエキスパートナース、石橋《いしばし》典子《のりこ》さんが仲間と作った「痴《ち》呆《ほう》を生きる私たちの会」が主催した講演会に出席した時のこと。

　メインの講演をしてくださったのは臨床精神科医で種智《しゅち》院《いん》大学客員教授の故・小澤《おざわ》勲《いさお》

先生でした。企画は立命館大学教授の石倉康次《いしくらやすじ》先生で、ご専門分野の認知症を、高次脳機能障害との対比で論じることで、「認知症とは何か」というテーマをわかりやすく解説するのが趣旨《しゅし》でした。

　認知症と高次脳機能障害との違いのエッセンスは、知的「私」の崩れがなければ認知症ではない、ということです。自分のことを、高いところから俯瞰《ふかん》するように見るという、客観的で理性的な脳の機能、つまり私における「前子ちゃん」が弱っているのが、認知症の特徴だとのこと。

　例えば、小川洋子《おがわようこ》さんの小説『博士の愛した数式』（新潮社）の博士は、認知症なのか、高次脳機能障害なのかと、先生方の間でも話題にのぼることがあるそうです。

　小澤先生の意見では、博士は高次脳機能障害との診断です。それは、病識があり、清明《せいめい》な意識があり、自己の能力の欠損を認識し、「私」に崩れがないからです。記憶が八〇分しか続かない自分を客観視し、メモなどでそれをカバーしようとする「前子ちゃん」が存在しています。一方、認知症では「前子ちゃん」が崩れることが多く、だから、セラピストが認知症患者の「前子ちゃん」になるか、「前子ちゃん」を呼び出す手助けをせねばならない、という結論でした。

　若い高次脳機能障害者も「私には前子ちゃんがいないんです」と言っていましたが、それは社会経験が充分ではなかったためです。しかし、状態としては同じなので、若い当事者たちにもセラピストの助けは欠かせないという事実を、私は知ったのです。

若い高次脳機能障害の方にしろ、認知症の方にしろ、「前子ちゃん」が出現しにくい人がいるということを知ることで、ケアやリハビリに新しい指針が持てます。小澤先生は「補助自己」という言葉を使われましたが、ケアする立場の人が認知症患者の補助自己、つまり「もうひとりの自分」になって、その人の判断をそっと助けていくようにすれば、その人は普通に暮らせるわけです。

そして、若い高次脳機能障害の患者で思考のまとまりが得にくく、混乱し不安に陥《おちい》る例でも、その後の人生でいろいろな人生経験を積み、嬉《うれ》しいこともいやなことも、たくさん経験していくうちに、脳は学習し、経験を蓄積していきます。その積み重ねによって、速《すみ》やかに「前子ちゃん」が現れて、問題を処理する脳に成長していく可能性が大きいといいます。

脳障害者にかかわらず、人間というのはいろんな経験をする、いろんな思いをする、いろんな勉強をすることで、自分で「前子ちゃん」を生み、育て、共に生きていくパートナーにすることができるそうです。勿論《もちろん》、今は「前子ちゃん」が現れない高次脳機能障害者も、認知症の患者さんも、さまざまな経験や学習の過程で、それがたとえ弱々しいものであっても、「前子ちゃん」を出現させる方はたくさんいらっしゃるといいます。「前子ちゃん」は私自身であり、私とは違う独立した人格のようでもあり、壊れた脳がくれた最初の出会いであり、まったく不思議な存在です。最近の私の「前子ちゃん」はというと、相変わらず音も立てずに現れるのですが、それに先駆《さきが》けて、「なんだっけ、なんだっけ」と呪文《じゅもん》のように彼女に話しかけるのが癖になっている自分に気づくことがあります。

「前子ちゃん」を中心に、話題も交友も知識も広がり、娘の思わぬ出世ぶりを喜ぶ親のような温かい気持ちにさせてくれた一日でした。

検査という名の裁判

認知症の関連団体の集会に呼んでいただき、あまり詳しくなかった認知症の本や資料を見て勉強する機会がありました。

検査という裁判。周囲が認知症の可能性を感じて病院に連れていかれるところから「認知症の旅」は始まると言います。脳神経テスト、脳スキャンなど、脳機能を測るための数々の検査。そのなかで、患者は次第に混乱に陥っていきます。

やれと言われた簡単な課題ができない自分への驚き、羞恥心《しゅうちしん》、疲労、不安、ストレス。アイデンティティの喪失《そうしつ》。これは認知症の患者さんであるクリスティーン・ボーデンさんの言葉ですが、私が高次脳機能障害に陥ったあとの道のりもこれに似たものでした。

生活の中で、自分では気づき始めていた能力の欠損を突きつけられていく日々。できないことを思い知らされるのが検査です。まるで裁判です。

たまたま医者であったために、客観的指標として、こういう検査による評価が不可欠とわかっている私でも、できないことを思い知らされに検査に呼ばれていくのは、気の重いため息の出るようなことでした。自分のできないことを思い知らされてこそ、自分の欠損への認識が生まれると言うのは仕方ないことかもしれません。ただ指摘されたらいやなこと、とがめられたらいやなことというのは、誰にもあると思うのです。

検査とはいえ、認知症だから、脳に障害があるから、どんなに侮辱《ぶじょく》をしてもわかりはしない、というのは、大きな誤解です。いえ、それがわかっていながら、ついそのような態度をとってしまう人間の愚《おろ》かしさを感じることもよくあります。とくに、人の病気の回復に手を貸す人間に、そのようなことがあってはならないと、私は自省も含めそう思うのです。

私は人の落ち度によく気づいて、その痛いところをつつかずにはいられぬ時代がありました。だから、よくわかるのです。いたずらに人をいやな気にさせても、なんの利益も生みません。冗談にもなりません。それを前提に、病気から治っていく人の助けをする気持ちであってほしいと思っています。

患者さんに接したい

全国の医療生協病院のリハビリの関係者が集まる、ある大きな集会で講演をさせていただいた時のこと。大きな団体だけに、北から南から、全国から医師とセラピストが集まってくださいました。

その会はさすがに現場で日々高次脳機能障害者と格闘している施療者《せりようしゃ》の集まりだけに、質問がどんどん出て、めずらしくよく話した講演でした。非常に具体的な質問が多く、裏返せば、現場の人もまだ高次脳機能障害をどう扱っていいものか、暗中模索《あんちゆうもさく》というのが現実であるということかもしれません。「まるでわからないのでヒントをください」と率直に言われるケースもあり、現状を知っているもの同士の、同業者らしい対話ができて、こちらとしても楽しい講演でした。

講演のあと、主催の病院のスタッフより、週に一度でいいからうちの病院で回診なりしてくれないかというスカウトまで受けて、困った働き者の虫がむずむずしてしまいました。しかし、保護者代わりの姉夫婦の怒る声が聞こえた気がして、もう少し息子が大きくなるまで、働きに出る気はないんですと、その時はお答えした次第でした。

でも、また白衣《はくい》を着たいなあというのも、私の偽《いつわ》らざる思いでした。例えば月一回の高次脳機能障害者に関するカンファレンスとか、症例を溜《た》めておいてもらって一気に会議をするとかならいいかな、とか。

現場で働く人たちに囲まれていると、私も現場で患者さんに接したいという潜在的な欲求があるらしいことに気づかされました。

私にしかなれない医者でいる

『神様、ボクをもとの世界に戻してください』（河出書房新社）という本を、同じ障害の方から教えてもらい、すぐに購入して読みました。スキー事故で奇跡的に助かった二〇歳の息子さんを見守るお母さんの著で、家族として受けた衝撃と、息子さんの様子や細やかな観察を綴《つづ》ったものです。

奇跡的に助かった息子さんにくだされた診断は「後遺症なし」。しかし、今話したことも覚えていない、突然キレる。本人自身にさえわからない行動異常が起きて、前後不覚に陥ります。その結果、彼は自殺を考え、自分がぎりぎりのところで助かったことをも呪《のろ》うようになるのです。あの時、死んでいればよかった、生きていたってしかたがない、と。

彼の若さ、生活経験の乏《とぼ》しさが、彼を混乱の中にどんどん引き込んでいくのですね。多かれ少なかれ、若年者のケースにはそういうことが多いのです。結局、いやな思いを我慢《がまん》できない、少しのことで、怒りのスイッチが入ってしまうわけです。でも、それは脳の傷がさせていることで、本人はしてしまったことに反省どころではない後悔、失望を覚えてしまうのです。それはどうしようもないのですが、周囲はその行動のほころびを見つけると大騒ぎします。手がつけられないと慌《あわ》てます。とがめることもあるでしょう。理解されないという不安が、ますます行動の問題を悪化させるのです。

こうしたメンタルな障害について詳しく書いてあります。お母さんの観察ゆえに、当事者の心の動きもよく描かれています。自分で自分を制御《せいぎょ》できない悲しさに共感するあまり、ちょっと胸が詰まりました。私も似た経験を多くしていますが、息子が暴れたくなったり自殺をしそうになったりする気持ちに母親として最大限のことをしてやりたいという思いで寄り添っておられるのがよくわかり、「そうそう、同じ気持ちよ」と、高次脳機能障害のせいで感情が表出できず泣かなくなった私の涙腺《るいせん》も、なんとなく刺激されてしまいました。

私のホームページで紹介したら、高次脳機能障害の当事者や家族の方からもけっこう反響がありました。

普通のお母さんの目で見た息子と彼を取り巻く世界を、やや感情的に綴っているのかもしれません。しかし、私が「そうそう」と強くうなずいてしまったのは、診療に携わった医師たちのあまりの非人間的言動です。弱い立場から、見たまま、聞いたままを書いているだけに、「え、うそー、そこまで言うの?」と思わせられる怖さがあります。

「あんた子ども何人?　三人いるんならひとりぐらいこんなでもいいよね」

「本当なら助からない命が助かったのに、これ以上何を求めるか」

そんなことを、普通に言われてしまうのです。そういう発言は法律で取り締まられるべき暴言でしょう。病人を見下げたり、自分の指示を絶対視して「面倒見てやっている」という態度になる医者は確かに多いのです。

そうこうしているうちに、ホームページの掲示板にご本人が来てくださり、メル友になりました。そして、脳が壊れた者にあれこれ言うあなたたちだって、もしこの先、脳が壊れたら、あっという間に話したことも忘れてしまう、突然キレるなど、誰でもそうなっちゃうんだよってまわりに説明してあげたい、と話し合いました。「この子がやってるんじゃないのよ、脳の傷がさせてるの」と。

著者の鈴木真弓《すずきまゆみ》さんは、私が本をホームページで紹介したことで私を知り、『壊れた脳　生存する知』を読んでくださったそうです。初期に知っていれば、もっと慌てずに息子を理解してやれたかもしれなかったと言ってくださいました。でも、怪我《けが》のあと、すぐに本なんて読む余裕はなかったというのが実際のところだと思います。

そのように言ってくださる人がいる限り、この障害をひとりでも多くの人にわかってもらえるような「医師」でいたいと、強く思ってしまいます。

暑かったり寒かったりする気候の時は、夕方になって少し冷えると、手脚が抜けるような神経痛(?)に悩まされ、鎮痛剤が離せなくなります。おそらく薬の副作用だと思うのですが、医者も薬剤師もそんな副作用を知らないようです。実際のところ相談する相手などありません。

少なくとも、誰かがこういう状況に陥った時、私がそういう相談相手になればいいな、と思うのです。そのために、副作用のメカニズムなどをひとり、考え込んでいます。こうやって、誰かが私になんらかの意見を求めてくれる間は、医者として私の仕事がまだ残っているものと思い、がんばろうと思うのです。

「高次脳機能障害」を日本の常識に

街に出たり、銀行などの自分に関する事務的な作業はなるだけ自分でやるなど、自立した生活をすることがリハビリと思って暮らしています。

そういう努力をして、やっとこさ生きていると、役所の人などは「なんだ、ちゃんとできるじゃないか」と軽く評価して、公的扶助《ふじょ》を削ったりすることがあります。「ひとつの動作に関して『できる』という画一的な判断でなく『どのぐらい大変な思いでできる』のかを、ちゃんと勉強してほしい」と、息子の参観日でお会いした障害児のお母さんが言っていました。

見えざる障害のせいで、見えていない部分で起こっていることなど意に介さない人たちが存在するのも、しかたのないことかもしれません。障害というものを理解する必要に迫られていなくて、見えないんだからわからないと思うのも無理からぬことです。

でも、それがたった一度でもどこかで見たり聞いたりして、心に引っかかっている障害のことかもしれないと思ってもらえれば、「ああ、もしかしてこういうことで困っているのかな」とか「普通に見えるけど、大変だろうな」と思える人が増えるのではないかと考えるわけです。だから、講演会やらテレビやら、できる限りの場所に出ていこうと思っています。

高次脳機能障害なんて、専門家でさえわからないことの多い分野です。だからほんの少しの聞きかじりでも、たくさんの人が常識的知識として持ってくれれば、社会は障害者にも住みやすくなるのではないでしょうか。

点字ブロックが視覚障害者のために必要、などということは、説明しなくても街では誰もが常識としてわかっています。点字ブロックが普及してから、三〇年余りだそうです。それだけでも「点字ブロックは視覚障害者のための常識」な社会になるのですから、高次脳機能障害も、誰かがあっちこっちで言っていれば、きっとその言葉くらいは「日本の常識」になると思っています。

どんな病気や障害も、普通に暮らしていると、皆、自分には無縁に思えますが、人間の人生の四つの苦しみは「生老病死」であることは昔から変わっていません。誰ひとりそれを免れるものはいません。

高次脳機能障害は、特別な障害ではありません。ユーミンの歌にもあったかと思いますが、みんな同じ舟で同じ道を行くのですから、みんなで知っておいたら都合のいいこともあるかと思い、私の体験を綴っているのです。

数年前、お盆の時だったか、実家にお経をあげに来てくれた、古くから付き合いのある住職さんが、仏さまの話をしてくださいました。世に言う「悟りを開く」とはどういうことか、と。それは「思うようにはいかないということをわかること」なのだそうです。

「人生が思ったようにいかないなんて、そんなこととっくに知ってるさ」

そんなふうに思う人も多いと思いますが、私は、この障害と付き合うようになって、少しだけそのことがわかったような気がしています。

おわりに

二〇〇四年に初めて出版した『壊れた脳　生存する知』（講談社）という本は、パソコンのキーをたたける右手の指一本を使って、三度にわたる脳卒中を生き延びた経緯をポツポツと綴《つづ》ったものでした。しかし、いったんファイルを保存すると、それがどこにあるのかが探せなくなってしまうので、ある程度の量を書いたら、すぐに友人に送信して保存してもらうという方法をとりました。

その方法は、意外に楽だったので、二冊目となる本書も、「書いたら送る」方式でした。しかし今回は、前の本のように経緯を思うがままに綴ればいいというものではなく、「高次《こうじ》脳機能障害《のうきのうしょうがい》を生きる者として、世の中に知っておいてほしいことを書きなさい」とテーマが掲《かか》げられました。日々の暮らしのなかで感じたこと、気づいたこと、思ったことなど、「今の山田規畝子」でなくては書けないものでなくてはならぬ、というのが、担当編集者からの注文でした。たとえ泣き言になってもいい、その脳の中身を見せてほしい、と。

まず私は、高次脳機能障害である私の日々を振り返ることから始めました。その暮らしのなかで、困ったこと、つらかったこと、そして逆に嬉《うれ》しかったことなどを拾い出すことにしたのです。それが私たちの困難な状況を打開するきっかけに、そして発見や感動を皆で分かち合う機会につながるのではないかと感じたからです。

こうして、生活の中で感じたこと、ちょっとした経験などをつれづれに書いては編集者にメールで送り、その二年分の原稿から抜粋《ばっすい》し、読みやすいように並べ替えたりして仕上げたのが、この文庫本の親本である単行本『それでも脳は学習する』でした。

日々、書くべきことがないかと見まわしながら暮らしていると、思いのほか多くのことが見えてきました。街のバリアフリー対策のこと、ユニバーサルデザインのこと、人々のマナーのことなどなど。それらについて書いていると、不思議なことに、地元のタウン誌やリハビリの専門誌、新聞社などから取材が入るようになり、息子と二人、家でぽつねんと暮らすだけだった私の世界は広がりました。

私の暮らしをとりあげたドキュメンタリー番組も制作されました。高次脳機能障害がとてもわかりやすい番組になっていて、講演会の時などでは、この障害の本質を理解してもらうため、まずこのビデオを紹介させていただいています。その番組の取材、撮影のために香川に長逗留《ながとうりゅう》されたテレビ朝日映像の柿崎拓哉さんをはじめ、スタッフの方々には、この場を借りて感謝したいと思います。

取材や講演会などで私の世界が広がった時、はたと困ったのがスケジュール管理でした。記憶障害のせいで、私にはスケジュールのやりくりがうまくできません。

そんな私のマネージャー代わりを買って出てくれたのが、小学校五年生の時にクラスメートになって以来、中学では軟式テニス部でダブルスのペアも組んだ中西亮子さん。私という障害者の世話をボランティアでしてくださるようになって、早五年になります。時にはご主人がドライバー役を引き受けてくださることも。「してもらうこと」に慣れてしまった私に、いやな顔ひとつせずにサポートしてくれて、感謝の気持ちでいっぱいです。

それから、障害を持って、いつも失敗ばかりの母を助け、いろいろなことを我慢《がまん》しつつもすくすくと大きくなってくれた息子、真規《まさのり》にも心からありがとうと言いたいのです。

撮影のために高松の商店街を息子と手をつないで歩いた時のこと。息子が大きくなったので、手をつなぐというより、息子の腕にぶら下がるように腕を組んで歩くほうが多いので、「お手々つないで」というのは久しぶりでした。そんな時、息子と私の月日の流れに、感慨を覚えずにはいられません。

この幸せな日々が、一日でも長く続きますように。

私たちが悩むこの見えざる障害、高次脳機能障害に対する世間の認識が、少しでも多くの人々の間に広がりますように。そして、今、障害に泣いている人が、つらい病を担っている人が、近い将来、笑顔で暮らせる世の中になることを祈っています。

解説　それでも生存する「知・情・意」

河村《かわむら》　満《みつる》

もう一度医師として～「前子ちゃん」の命令

脳卒中を起こした山田さんは脳に障害を受け、それが「高次《こうじ》脳機能障害《のうきのうしょうがい》」と呼ばれる症状であることを、自力で知ります。そして、障害を受けた自分と向き合い、感情的になり、悲しんだり、苦しんだりします。しかし、たったひとつの言葉、「おかあちゃんは生きていてくれるだけでいい」という小さな息子さんの言葉に救われ、元気を出します。

山田さんの前著『壊れた脳　生存する知』では、その一連の過程が綴《つづ》られていました。しかし、実際に大切なことはそのあとであると、私は密《ひそ》かに思っていました。

ところが、山田さんはその記録を、執筆活動や講演などにつなげることで、自分自身をさらけ出し、使命を果たそうという意志を持つのです。そしてついに、この本を書き上げました。この本は、山田さんのその後のエッセイを集めたものです。

最初の二つの章のエッセイは、高次脳機能障害者としての山田さんの正直な記録で、障害を背負った方の状況が理解できます。

次の二つの章で、山田さんは少し冷静になり、ご自分の症状と社会生活との関連を考えています。日常社会がいかに健常者向きにしかできていないかがわかります。そして次の「命をくれた家族、そして友人たち」の章で山田さんはさらに冷静になり、ご自分の状況を受容する方法を獲得した過程を明快に示します。

最後の章は、交響曲でいえば最終楽章です。それは、山田さんの医師としての再確認であり、ご自分のなすべきことの発見です。

この本は高次脳機能障害についての解説が、患者と医師の両方の立場から書かれた特異な本でもあります。医療や介護にかかわる人たちには実践に役に立つし、一般の人々には、患者と医師の両方の立場で発言している著者、山田さんの姿が感動を与えます。

私は、このエッセイ集を前著の続編として『壊れた脳　生存する知・情・意』と呼んでもよいと思います。

「はじめに　高次脳機能障害を生きる」を読めばわかるように、高次脳機能障害を日本の常識に、という明確な目的を基底に書かれています。山田さんはそれを医師としてご自分のミッションと考えているのです。こうしたことから、山田さんの壊れた脳が少しずつ回復し、脳の機能の中でもっとも大切なもののひとつである「知・情・意」がちゃんと残っていることがわかるからです。

なぜ、山田さんの脳に「知・情・意」が残されているのでしょうか？　それは「前子ちゃん」というもうひとりの山田さんがいるからだと、私は思います。

「前子ちゃん」というのは誰か、何なのかを、私なりに考えてみました。

この本でもたびたび登場する神経心理学者の山鳥重《やまどりあつし》先生は、ご著書『ヒトはなぜことばを使えるか——脳と心のふしぎ』（講談社現代新書）で次のように述べています。

ヒトでは感情も動物の段階よりははるかに進化している。大脳辺縁系《だいのうへんえんけい》〔大脳辺縁系と大脳辺縁葉はほぼ同じ意味で使われるが、厳密には前者は機能を示し、後者は形態を意味します（注・河村）〕で生成される感情は、ヒトの場合、そのまま行動に転化されることは少なく（そのまま転化される場合が本能性情動行動）、上部構造の大脳新皮質（新しい脳）でさまざまに調整される。

思考中枢《ちゅうすう》は上部構造の大脳新皮質、中でも大脳前方の前頭前野《ぜんとうぜんや》に存します。前頭前野の場所は前頭葉《ぜんとうよう》の前方部分であり、右脳にも左脳にもあります。前頭葉は大脳前方のほぼ二分の一を占める大きな部分です。ヒトの前頭前野は前頭葉の約半分の面積を占めるが大きなところであるがチンパンジーではそれほど大きくはなく、イヌやネコでは前頭前野の脳に占める割合がさらに小さくなります。

前頭前野こそ意志の発現、未来への展望といった意の働きの発現にもっとも深くかかわっている。実際、この領域が両側性に大きく壊れると、患者は未来を失い、過去だけに生きるようになる。行動は以前に獲得した習慣的なものの繰り返しになり、新しい行動は生み出されなくなる。行動は状況に合わせて選択されることがなくなり、内的なリズムだけを頼りに選択される。

感情中枢の存する古い脳である大脳辺縁葉と、思考中枢のある新しい脳の前頭前野とは線維《せんい》連絡で双方向性に、極《きわ》めて密接につながっているということが最近の脳科学の話題のひとつです。諸事項の判断能力にもっとも関係するのがこの連絡機構であり、この機構は社会的認知機能と密接に関係します。

「前子ちゃん」の「前」は、「前頭前野」の「前」。未来への展望といった意にかかわる「前子ちゃん」は、感情や知識の助けを受けてひとり立ちし、もう一回医師として活動することを山田さんに命じたのであろうと私は思います。

意志は思考と感情、記憶の連合

この本には、少し難しい脳の部位や機能、症状が各所にあります。ここからは、現在の脳科学から考えられている「脳と心のしくみ」について、少し解説したいと思います。

心を操る脳のしくみには個人差がみられますが、それはわずかで、多くの人に共通した原則があります。

脳の機能は大きく認知、行為、記憶、そして思考と感情に分けることができます。外界の変化は、視覚・聴覚・体性《たいせい》感覚（触覚など）刺激として認知され、思考または感情あるいはその両方で処理され、外界の変化に即した行為がなされます。

それらの過程には記憶が大きく関与しています。外界の変化を認知する場合には、以前認知したものとの比較がなされ、当然、思考・感情も以前経験した外界の変化との対比が行われます。認知・思考・感情と関連する記憶はいわゆる「頭で覚えた記憶」です。

一方、行為に関係する記憶は「体で覚えた記憶」であり、専門的には「手続き記憶」と呼ばれます。自転車や自動車の運転技術の獲得、スキーやテニスの技術の向上もこの「手続き記憶」のなせる業《わざ》で、大きな特徴がみられます。それは潜在《せんざい》機能であること、つまり無意識のうちに獲得され、発揮されることです。

認知・思考・感情・行為、それに「手続き記憶」以外の記憶もすべて、一見意識された顕在《けんざい》機能のように感ぜられます。しかし、じつはそうではありません。知らないうちに潜在的に働いているところがあり、それが非常に大きな部分を占めていることが最近の脳科学の研究から徐々に明らかにされています。

脳のしくみは厳密には二種類があります。ひとつは顕在化した、意識されたシステムであり、もうひとつは潜在性の、意識されないものであり、両者を合わせたものが脳の機能の実体なのです。

判断能力や意思決定の基底にある脳の諸機能のうち、もっとも重要な脳機能の過程は思考と感情です。

絵画は視覚的に、音楽は聴覚的に、文学は言語的に（言語は視覚、聴覚、体性感覚のすべてと関連している）ひとの脳を刺激します。芸術刺激は認知され、記憶との照合がなされ、好き嫌いなどの感情処理に移行します。同時に思考処理もなされます。

感情の内容は喜び、悲しみ、怒り、恐怖、嫌悪などです。思考の内容は推論、判断、内省、プランニングなど。「美」は感情内容のひとつの表現であり、「善」は思考のひとつの形です。

山田さんの「前子ちゃん」とは、自分の脳に生じた思考と感情とを連合させた力であるということができます。

認知・行為は感覚機能の交流の結果

思考・感情の前提処理部分である、認知・行為についても述べておきましょう。

ひとの思考・感情が生まれる前に、環境刺激は認知機能によって受容され、認知機能は行為と連合して環境と自己との関係を統制する役割を担っています。

外界の刺激を認知するのは脳の後方部分です。大脳には中心溝という深い溝があり、そこより前を運動脳、うしろを感覚脳と呼ぶことができます。運動脳は前頭葉《ぜんとうよう》であり、感覚脳は三つの部分に分かれています。側方の耳の内側の脳部分が側頭葉《そくとうよう》、そのうしろの部分が後頭葉《こうとうよう》、頭頂部にあるのが頭頂葉《とうちょうよう》です。

感覚脳のそれぞれには個別の機能があります。側頭葉は聴覚機能、後頭葉は視覚機能、頭頂葉は体性感覚機能というのが原則ですが、側頭葉後方部は視覚にも関係しているし、内側部は大脳辺縁葉のとなりで記憶・感情とも関連します。

つまり、感覚脳の部位と機能とは一対一の対応はみられず、境界部分の機能はやや曖昧《あいまい》なのです。しかし、後頭葉だけは別で、ここはすべての場所が視覚機能と関係しています。

それよりもっと重要なことがあります。それは、感覚脳には連合野という特殊な機能を持つ部分が含まれていることです。連合野というのは、いくつかの刺激が入力し、連合するのでそう呼称されているのです。例えば頭頂連合野は、体性感覚、視覚、それに聴覚刺激が入力し、交流して処理されるところで、側頭葉と接するかなり大きな領域です。

「あ」という文字を書く時、最初に横線を引きますが、それをどのくらいの長さにするか調節するのは体性感覚機能と視覚機能の運動制御です。手の体性感覚機能のフィードバックが必要なのです。「あ」という文字の形態は、幼少時のいつかに見て覚えた、つまり視覚的に学習したものです。

また「あ」という音を聞いて「あ」という文字を思い起こすことができるのは、聴覚刺激と視覚刺激とが交流しているということであり、それは頭頂連合野の機能なのです。文字や文章を書くこと、それに読むことにも頭頂連合野は関係し、それらの機能にとってもっとも重要な領域です。

さらに、体性感覚・視覚・聴覚の交流があって初めて遂行《すいこう》される機能には、ものを見て捉《とら》える動作、着衣、道具使用、物品と物品の位置関係を認知する機能など、日常生活の随所に関連するさまざまなものがあります。

感覚脳に存するもうひとつの連合野が側頭連合野で、側頭葉の下部・底部の後頭葉との境界領域にあります。ここには聴覚刺激と視覚刺激とが交流し、聴覚・視覚の連合機能が蓄えられています。例えば、ある人の顔を見て一方で声が浮かび、電話の声を聞いてその人の顔を思い浮かべることができるのは、側頭連合野があるからです。勿論《もちろん》自然環境の認知にも感覚脳は関連しています。自分がどこにいるか、そばに誰がいるか、周囲の風景はどのようなものであるか、自分がこれから進む方向はどちらの方角なのかなども、すべて連合野を中心とした感覚脳の役割です。

感覚脳の一部が障害されて病態失認《びょうたいしつにん》という病的状態が生ずることがあります。それは、後頭葉が障害されて視覚能力を失ったにもかかわらず自分は見えていると誤解する。側頭葉が損傷を受けて聴覚が低下していても聴こえると思ってしまう症候で、それを発見した人の名前を冠してアントン症候群と呼ばれます。

病態失認の患者の脳は過去の眼が見えていた自分、音が聴こえていた自分を信じていて、現在の環境に置かれた病気の自分を諒解《りょうかい》することができなくなってしまっています。環境と自己との関係の認知機能は、感覚脳のもっとも重要な役割なのです。

脳のしくみを機能させるのは意識の覚醒

一方、運動脳である前頭葉にはどのような機能があり、障害されるとどのような症状が出現するのでしょうか。先述したとおり、前頭葉の前頭部分に前頭前野という思考を担《にな》うところがあります。

問題は前頭葉の内側部分です。この場所は前頭前野と大脳辺縁葉の接するところでもあります。ここの障害で起こるのは把握現象（ものをつかんでしまう）、模倣行為（他人の動作をまねてしまう）、道具の強迫的使用・使用現象（物品・道具を見ると自分の意思とは関係なしにそれを使ってしまう）、環境依存症候群（自分の置かれた環境の正確な把握ができず意思を失い、例えばここは美術館だよ、と言われると絵画を鑑賞する振る舞いをする）などです。

感覚脳の障害では、環境と自己との関係の認知が不全になり、どちらかというと自己依存的になりますが、運動脳の障害では逆に環境依存的になるのです。すなわち、感覚脳は外界の刺激を捉えて認知し、運動脳は自己を主張するのです。

さらに、感覚脳の頭頂・側頭連合野と運動脳の前頭前野とは密接な線維連絡を持ち、互いに影響しあって環境と自己との関係を統制していることが、多くのデータから明らかにされています。この機能は、脳という臓器の際立った特徴です。

アルツハイマー病では、もっとも初期に辺縁葉に含まれる海馬《かいば》の障害がみられ、その結果として記憶障害が生じ、やがて頭頂・側頭連合野の障害が起こり、次に前頭前野に障害が及ぶのが通常の過程で、それらは年余を経た穏やかな進行であるのが原則です。意識のコントロールの中心は、大脳ではなく脳幹という、大脳辺縁葉よりもっと古い脳部位です。

認知、行為、記憶、思考、感情が心を操る脳のしくみであることを説明しましたが、意識はこれらの機能の活動レベルを調整しています。意識がぼんやりすれば脳のしくみも充分に機能せず、曖昧なものになります。逆に活性化され意識が覚醒《かくせい》することによって脳のしくみは機敏に働いているのです。

障害に磨かれた鋭いまなざし

少しむずかしい話になりましたが、山田さんのエッセイを読むと、このような複雑な脳のしくみが、実際の症例として明らかにされてくるのがわかります。

この本は、医師にとっても難解な障害である高次脳機能障害の実態について、患者の立場から、それに医師の立場から、具体的にわかりやすく示されています。平易な言葉で書かれていますが、高次脳機能障害の啓蒙書《けいもうしょ》であり、実践的な医学書という見方も可能です。

さらに、「街のトイレの充実」に書かれているように、社会福祉に対するメッセージも加わっています。まるで脳科学書のような側面、「障害者の認知」を社会に対して啓蒙している側面、さらに困難に立ち向かう方法が書かれている本でもあると思います。

それらに加えて、山田さんの母としての自覚と、息子さんとの愛情の交換が、控えめに、まるで隠し味のように描かれている本であるとも思います。山田さんは息子さんを介護犬ならぬ介護少年、と呼びます。介護少年がいて助かったとも言います。親子の信頼感が厚くなければ、息子さんを介護少年などとは呼べないと思います。

「前子ちゃん」「介護少年」「救急車ドライブ」「装着完成図」「モヤモヤ病という箱入り娘」「飛んでみてどうでしたか？」「ある意味面白い病気とマッチングした」などの表現は、山田さん独特の気が利《き》いた表現です。山田さんは元来ユーモアのセンスをお持ちなのでしょう。しかし、エッセイの各所にみられる鋭いまなざしは、障害によってさらに磨《みが》かれた部分も多いと感じます。

人生の意味を見出し、情熱を持って、使命を果たそうとする――。

そんな人はもっとも幸せだと思うのですが、それには多くの困難を越えなければいけません。それができる人は少なく、そのような方を私は尊敬いたします。
山田さんは、そのような方のおひとりです。

（昭和大学医学部神経内科教授／昭和大学病院附属東病院院長）

文庫版特別討議

未来のリハビリテーションに向けて　セラピストたちとの対話

山田規畝子×高橋昭彦×富永孝紀×中里瑠美子×森岡周

高次脳機能障害の世界、そして「前子ちゃん」のこと

高橋──山田規畝子さんのことは、著書の方を読まれた方はご存じだと思いますが、三度の脳出血を起こされております。著書の中ではご自身の見えている世界、あるいは生きている世界ということを書かれています。僕らは外から山田さんの生きている世界を知ることが出来ませんので、今回は山田さんとの対談を通して、たくさん教えて頂こうと思っております。

座談会のメンバーは、山田規畝子さん、畿央《きおう》大学の森岡周《もりおかしゅう》さん、豊島《とよしま》病院の中里瑠《なかざととる》美《み》

子《こ》さん、村田《むらた》病院の富永孝紀《とみながたかのり》さん、そして司会の高橋昭彦《たかはしあきひこ》です。

　では、まず山田さんから、現在、どういう世界を生きているのかについて、ご報告をいただきたいと思います。

山田――私はモヤモヤ病による脳出血から高次脳機能障害を発症し、障害を抱えながらも「普通の生活が最高のリハビリ」という信念をもって、一〇年あまりを過ごしてきました。その間には、命の危機にさらされる大きな脳出血の再発をしたせいで、左半側に麻《ま》痺《ひ》が残っています。

　本日、私をお呼び頂きました大きな理由として、私がこれまでの著書の中で何度も書いてまいりました「前子ちゃん」の意味について、リハビリをご専門とされる方々の間で考えてみようというご希望があると伺っております。私にとって「前子ちゃん」がどんな存在なのかということについて、まず最初にお話をさせていただきたいと思います（『壊れた脳　生存する知』（角川ソフィア文庫）の「文庫版あとがき」と重複する部分があることをお断り致します：編集部注）。

「前子ちゃん」という言葉は私が勝手に創作したものです。「前子」の「前」は前頭前野の「前」、それに私が女なものですから「子」を付け、その存在が自分の分身のようにとても親密に感じられるので「ちゃん」を付けたというもので、説明を聞いてみれば「なんだ、そんなことか」と笑われてしまうかもしれません。

私の著書をお読み頂いた方からご質問を頂く内容で最も多いのが、この私が「前子ちゃん」と呼んでいるもう一人の自分と語り合うように感じているという現象についてです。これは、認知機能が低下した私が、的確で迅速な判断に迷ったり、思考が混乱して収拾がつかない時に無意識にやっていた行動がその発端となっていることで、最初は独り言の多くなった自分への気付きで始まりました。

障害の症状がかなり重く出ている時には、自分から動いて行動するということ自体がなかなか出来なかったのですが、次第に行動範囲を広げて暮らせるようになっていくなかで、この独り言は自分が求めている答えを得るために自分で自分を意図的に呼び出しているものではないかと気付きました。「おーい、どうしたらいい？」とか「えーと、なんだっけ？」という呼びかけです。ただぶつぶつと独り言を言っているのではなくて、誰かに尋ねているのだと分かり始めたのです。

その頃は、自分が尋ねている相手が誰なのかということはほとんど気になりませんでしたが、そうやって尋ねてみると思考の混乱が整理されてきて、今まさに困っていることへの問題処理が容易に出来るようになるのです。答えとして求めている判断や経験の記憶、かつて得た知識の記憶などが楽に浮かんできて、次にどうすべきかと私を導いてくれるのです。

インターネットで知り合った高次脳機能障害をもつ大学生の男性とメールでこんな話

をしていて、彼に「それって、僕にもありますよ」と言われた時には、大変驚きました。彼も日常的にそれを感じていて、彼はそのもう一人の自分を「飯を食わない方の自分」と呼んでいました。それはまさに言い得て妙で、私が頼りにして尋ねかけている相手は自分自身なんだと確信を持つに至りました。

私がこれまでの著書で表現してきましたように、「霧のかかったような自分のいる部屋」ではいつも私の頭はぼんやりとしていて、考えていることは輪郭のはっきりしないものだったような気がします。そんな時に呼ばれてやってくる彼女は目の前で「これはこうだったから、こうじゃないの」「そっちはこうで正解よ」とばりばり説明をつけて明快に教えてくれるのです。

そんな時、高次脳機能障害のことを知りたくて読んでいた本の中で、実際の障害のことを最も分かっている人だと感じた山鳥重先生の勤務先を調べて、その時の自分の状況を手紙に書いて送りました。こんなもう一人の私に助けられて生きています、ということも、書きました。山鳥先生が下さったお返事のお手紙には、「自分の事を客観的に観察できる働きは左脳の前頭前野というところにあるのではないかと思っていましたが、あなたのお手紙を見てやっぱりそうなのかなと思いました」とありました。

先生に勧められて自分の脳の世界を観察して綴《つづ》った文章が、のちに『壊れた脳　生存する知』という本として出版されることになり、その本の解説も山鳥先生が書いて下さったのですが、その中で先生は、「前子さんに言語化してもらうことで山田さんは心が混乱に陥る事から免れ、心の秩序を保っている。前子さんは山田さんの心の中の最も理性的な部分です」と書いて下さいました。

その後、暮らしの中で学習が進み、色々なことを考え込まないでも判断したりできるようになってきた私は、あえて「前子ちゃん」を呼び出すことをしなくなってきました。無意識のうちに「前子ちゃん」が顔を出すことは今でも時々あります。けれども、以前のように一事が万事、一日中「ねえねえ、どうしたらいい？」と言語化しなくても、霧のかかった頭のままで、なんなく正解を出すような離れ業が出来るようになってきました。「前子ちゃん」に探しに行ってもらわないと思い出せない記憶も、かなり再生しやすくなってきました。これが今の私の状態です。

先ほど、私に「前子ちゃん」とは他ならぬ自分自身のことではないかと確信させてくれた男性の話を書きました。私は今、地元の高松でピアカウンセリングをやったり、自分のホームページの掲示板で同じような障害をもつ色々な方々と話す機会が多くなりました。そんな中で「前子ちゃん」のことを話すと、「自分もそんな気がする」とおっしゃる方々がいる反面、「自分には前子ちゃんのようなもう一人の自分が出てこない」とおっしゃる方もいることも分かりました。

山鳥先生から色々と教えていただく中で、私なりにその理由はこういうことではないかと思っていることがあります。それは「前子ちゃん」は私自身だから、その実体は他ならぬ私の経験が人生の中で作ってきた力であるはずで、「前子ちゃん」は私の脳の履歴であろうということです。「自分には前子ちゃんが出てこない」とおっしゃる方の中には若い人が多いのも、そんなところに理由があるのではないかと思います。

脳出血で倒れる前にある程度の体験を積み重ねてきた私とは違って、まだ人生をほんの少ししか生きないうちにこうした障害を抱えてしまった人達のことを想像しますと、私には想像もできない苦しみがあることに気持ちが塞《ふさ》ぎます。

私が「前子ちゃん」にアクセスする方法は、尋ねること、呼びかけることで、これまでの著書の中ではそれを「スイッチ・オンする」と表現したりしています。声に出したり、口をつぐんだりで独り言を言ったりしていた時は、間違いなくそのアクセスは私の脳の中の言葉、言語の力でやっていたに違いありません。それはまぎれも無く私の脳の中で私の思考を言葉で整理してくれていたのです。そして今は、「前子ちゃん」にアクセスするという方法をとらなくても、無意識に判断や思考の結果がダイレクトにすっと頭に浮かぶことが多くなりました。

この会場にいらっしゃる方々の中には、認知運動療法を実践していたり、関心を持たれている専門家が大勢いらっしゃることと思います。そうした方々は、私と「前子ちゃん」とのこの付き合い方の変化はどのようにご覧になるでしょうか。

大阪の摂南《せつなん》総合病院の塚本芳久さんと山田真澄さんが二〇〇七年から二〇〇八年にかけての一年間、月に一度、私の自宅に通ってくださり、私に認知運動療法を体験させて下さいました。別に隠していたわけではありませんが、実は私は認知運動療法の体験者なのです。私はそれまでに高次脳機能障害を治療する為のリハビリらしいリハビリを受けた体験はないのですが、同じリハ室で脳卒中の患者さんたちが受けているリハビリを眺めていたりしたことから、自分もそんな動作の練習をやるのかなと想像していました。

しかし、実際に塚本さんや山田さんが私に求めたことは、自分で自分の身体を意識することでした。私には左半身に麻痺がありますし、半側《はんそく》空間無視もあります。私にとって出来れば自分の左側は意識しないで済ませたいものですが、暮らしていると左が意識できないことでやらかしてしまう失敗もよくあり、そんな時にはとても嫌な形で自分の左側に無視という障害があるのだということを意識することになってしまうということの繰り返しでした。

実際に認知運動療法を始めてみますと、自分の身体を意識するための練習というものが、この世の中にあるのだということが新鮮でした。月に一回という少ない機会でしたが、初めて自分の左手を自分の一部として動かせたこととか、以前なら風が吹けばすぐに吹き飛んでいくように頼りなかった自分の左足が、高松の強い海風に吹かれても地面にしっかりついている感じがするようになったこととか、きちんと自分の身体を自分のものとして感じたり、イメージしたりするための練習があると知ったことは、私にとって大きな進歩でした。それは前頭前野の「前子ちゃん」と二人三脚しながら自分を取り戻してきた脳の働きとは、全く違った感じがしています。

私がイメージできる自分の身体は、まだまだ自分の手や足の見える部分の働きを視覚の助けを借りながら動かすところが多いのですが、それが自分の身体だという感覚もあり、でもそれは視覚的なものではなく、もっと自分の中からくる感覚を私の脳が、「これが私だな」と確認しているようなものなのです。これもまた脳の力であることに間違いないと思いますが、皆様はどのように考えられるでしょうか。こんなこともこの機会にいろいろ伺いたいなと思っております。それは自分のためにということは勿論《もちろん》ですが、私はよくピアカウンセリングで「左手がすっかり動かないのはいつか良くなるのか」という質問をいただくので、そんな方たちにも適切なアドバイスができるようになりたいと思うからです。私のことを説明するのが目的であるはずですが、私からのお尋ねもちょっと加えさせていただきました。

注意・記憶・空間無視——脳科学からの検証

高橋——山田さん、有難うございました。図1は山田さんの著書の中からとってきた画像ですが、二〇〇一年、三度目に倒れられた時のCT画像です。これを見ますと、右の基底核を中心にかなりの大きな血腫《けっしゅ》が出来てしまったことがわかります。

著書では、かなり横の広がりと縦の広がりがあったとお書きになっています。一部は脳幹まで達していたということですが、この失われた脳の部位がどのような機能を持っているものなのかを整理しておきたいと思います。かなり広い範囲なので様々な症状が出ることが想像されます。特に山田さんの場合は、高次脳機能障害の半側空間無視、注意障害、記憶障害というのが主な症状として出現していました。この脳の写真をみて、畿央大学の森岡さんに少し解説をして頂こうと思います。

森岡——この画像はスライスですので、横の損傷像の広がりしか分からないのですが、横の広がりから言うと、前頭葉から頭頂葉に問題があると思います。その下の層の大脳基底核においても、この画像から問題点があがります。こうした画像から一般的に考えられるのは、視覚的な注意障害、自分自身を気付けないということよりも、外的なものに対して注意が向けられないということです。どちらかというと意識的にはのぼらすことが出来ますが、普段、潜在的に何かに対して注意を向けているということに欠陥がみられる、ということです。

また、左半球は右の空間しか処理しないのですが、右半球は左右の空間の情報処理を担いますので、そうしたことからも、右半球がこのように大きな損傷像を持つことによって、やはり左の空間の欠落が起こってしまうと考えられます。

あとは大脳基底核の問題ですが、神経伝達物質の調整の問題から、促通性とか抑制性の制御が出来ないことが考えられます。声が小さいという症状も、基底核の問題と考えられます。また、ステレオタイプの様な行動になってしまうのも、皮質の問題というよりも基底核病変に基づいたものではないかと思います。

問題は同じ層の連結といった横の繋《つな》がりというよりも縦ですので、縦の繋がりというものによっての行動の制御が非常に難しくなってくるのではないかと思われます。皮質と皮質下の連結による、普段、潜在的に無意識的に行動していたものが、皮質だけで制御しなければならなくなったので、常に意識にのぼらせておかなければならないという状態になっているというわけです。本来はいちいち意識にのぼらせてコントロールせずとも、皮質と皮質下の連結という様な基底核と頭頂葉、前頭葉のネットワークによって行われていた行動が、そこが途絶えることによって、無理にでも意識にのぼらせて皮質間を繋げることによって行動を起こしていく、つまり一番理性の脳である、左の前頭葉を用いて、常に言語的な注意を向けることが日常生活において必要ではないか、という点が、先ほどのお話から読み取れました。

あまり複雑に言うと問題がややこしくなるので、ここでいったん、私の話を終えたい

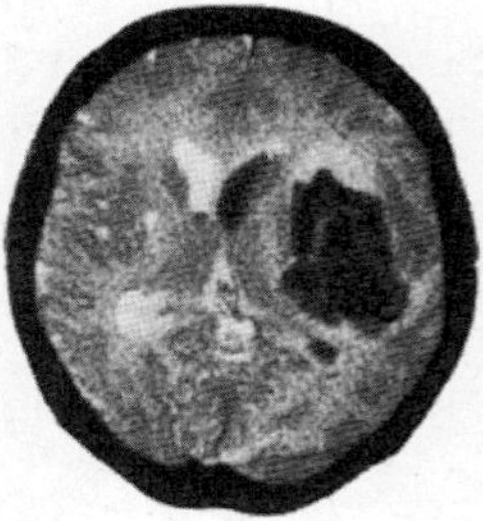

2001年1月5日、脳出血発症当日。術前のCT上では、右大脳基底核部に、直径6センチメートルほどの大きな脳内血腫が認められた。手術で除去した血の塊は直径8センチメートル、150グラムもあった。

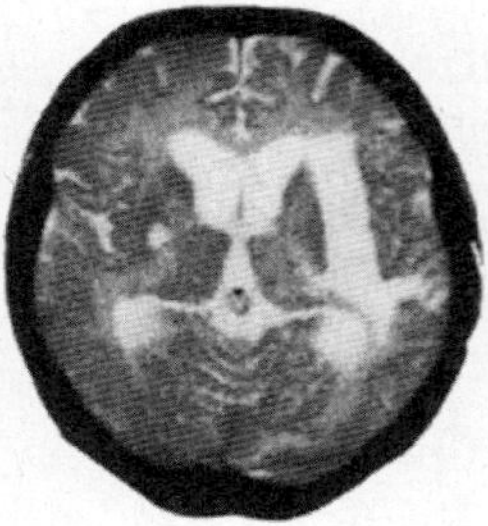

2001年2月23日の頭部CT。術後の血腫腔が認められる。空隙部分の脳機能は失われ、頭頂葉など他の部分にも血管障害を併発したため、さまざまな機能に障害が起きた。

図１　CT画像に映し出された巨大血腫

資料提供／片木脳神経外科

と思います。

高橋──このCT像は先ほども申しましたが二〇〇一年のもので、現在、二〇〇九年ですので、大体八年ぐらい経過しています。

先日、高松の山田さんのご自宅にお伺いさせて頂き、色々、お話をさせていただいた時に、この八年間の歳月の間に、記憶障害と注意障害が非常に改善されてきたことが分かりました。例えば著書の中に、毎日飲む薬を飲み忘れないように、薬用のボックスを家に作られていると書かれています。実際、部屋にそのボックスがあったので、私が「あれが有名なボックスですね」と山田さんに聞いたところ、山田さんが「もう今は使ってないよ」と言われました。今はボックスを利用しなくても薬の管理は可能ということです。だから、注意や記憶というのは非常に改善したんだなと思いました。

その反面、山田さんに伺うと、半側空間無視はあまり変わっていないということでした。注意や記憶は改善したにもかかわらず、半側空間無視は結構しつこく残っているのですね。これは何故かと考えると、注意や記憶は責任領域があるわけではなく、多くの領域が関わっていると言われていますので、他の残っている脳領域が活性化することで、その機能が代償されてくるのかなと思いました。その反面、視覚的なもの、半側空間無視に関しては、他になかなか代償することが出来なくて、八年経った今でもあまり変わりがないのかなと考えました。

この注意とか記憶とかが比較的よくなってくるのに対して、空間無視はなかなかしつこく残るということについて、このCT画像や脳の機能から言えることがありますか。

森岡――まず注意というものは、勿論、高橋先生が言われたように様々な機能を持っています。特に今回の話を伺うと、なにかをしようとする実行性の注意は保たれています。たとえば「次はこうして、こうしよう」というふうに頭のなかでことばの指示を用いることで外界に意識を向けようとするものです。これは頭頂葉でなく、主に左の前頭葉がやっています。本来は右の頭頂葉と前頭葉の機能によって空間の情報を処理するわけですが、それが出来ないと左前頭葉の機能である言語性のワーキングメモリ機能を用いて行動を制御することになります。頭頂葉のみが単独で活性化するということはほとんどありません。つまり、関連する前頭葉が活性化することによって、頭頂葉に残っている部分を引き出してあげるということが機能代行としておこなわれているようです。

最初は自分自身が意識的に注意を向けていたのが、その後、脳の情報処理を変化させることで潜在化されていった可能性が考えられます。記憶も勿論そうで、記憶はどこか一部に責任領域があるわけではなく、その時々に起こったエピソードによって想起されて、言語に置き換えられます。その繋がった瞬間に記憶が鮮明になるわけですけれども、幸いなことに海馬に障害をうけていないので、それが可能になっているのではないかと思います。

ただ半側空間無視に関しては、右半球の頭頂葉と前頭葉のネットワークが責任領域なので、この領域の組織化は、論理的な言語によって引き出すことがなかなか難しいです。この領域はどちらかというと外部に対する感覚的な注意の作動と、自分自身の身体に対する知覚や注意によって賦活しますが、これは論理的な言語というよりも一人称的な言語によってあらわされるものです。

高橋――今の森岡さんのお話の中に、高次脳機能障害を考える上で、非常に重要なポイントがあると思います。それは、記憶は言語に置き換えられるということです。記憶するためには言語化してそれをどこかに保存する、という形態がとれるということです。それに対し、視覚は情報を言語化することが出来ないというところが、高次脳機能障害のリハビリテーションを考える上でキーワードになってくることかもしれないなと思いました。

リハビリにおける「不快さ」の問題

高橋――日本では、実際に高次脳機能障害の方のリハビリテーションを担当するのは、主に作業療法士の先生方だと思います。「倒れた時に入った病院では、どのようなリハビリテーションを受けられましたか？」と山田さんにお尋ねしたところ、「左から声をかけられた」と。あと、面白いなと思ったのですが、無視してしまう左側のご飯を食べ残してしまうので、ご飯のお盆が運ばれてくると、セラピストは患者さんの左手をお盆の左側に置くらしいです。セラピストは左側に他動的に左手を運んで、「じゃ、これでご飯を食べなさい」と言うのだそうです。

そのセラピストの意図はなんとなく分かるんです。手を置くことで、注意を左へ誘導したかったのかなと想像されるのですが、山田さんご自身は、「何の効果があるのか、何の意味があるのか、全く分からなかった」とおっしゃられていました。

このような記憶とか注意とか、空間とかが障害された患者さんに対するリハビリテーションで作業療法は一般にどのようなアプローチを行うのかについて、この中で唯一の作業療法士である中里さんに伺いたいと思います。

中里──左半側《はんそく》空間失認を、「左側を上手《うま》く認識できない」という外部的な現象としてとらえていることはあるのではないかと思われます。そうしますと、左側が見られないということが目に見えてくる障害であり、左側が認識できればこの問題はクリアされるというふうにセラピスト側の評価が流れていくわけですね。となると、患者さんにとって注意がいきやすい何らかのヒントを提供することによって、視覚的には見えにくいんだけれども、ヒントに手伝ってもらって左側に注意を向ける、といったような治療の流れが一般的には多いような気がします。具体的には、左手を机上に置くことで左手の方に注意をむけると食事が見えるとか、ご自分のお好きなものを左側に置くとか、赤いものを置くとか、そういった対応が一般的ではないかと思います。

高橋―教科書でも、「左から声をかけましょう」とか「左に赤い印を付けましょう」とか、中里さんが言われたようなことが載っていますが、僕の印象では、それではほとんど高次脳機能障害、特に空間無視は回復していない現状があるのではないかと思っています。

中里さんは、空間無視とか注意障害の方に対して、今おっしゃられたようなリハビリテーションでは何が不足していて、どういうふうにリハビリテーションを展開していかないといけないとお考えですか？

中里―左半側空間失認というものを、単に左側が見えない現象というふうに捉《とら》えるということから考えなおす必要があるのではないかと実感しています。簡単な検査のバッテリーとかをやりますと、左側のものが見えないという結果が出ますが、それが患者さんにとっては、どういう経験になっているのか。その経験の上で出てきているものだけを、検査上なり動作の中で、私たちは外から見ているのだという図式をはっきりさせる必要があると思うんです。

例えば、教科書的に赤い線を引いたところのものに注意を向けるといったことがあっても、先程の山田さんの言葉でも、それで何をしようとしているのかが、患者さんの側にははっきりしない。つまり、患者さんは実際にはそこで、セラピストによってご飯を食べなさいと言われているわけですが、その時に患者さん自身がどういう経験をしているのかというところが見逃されているような気がするんです。患者さんの生きている経験というべきものがあるわけです。

例えば食事一つでも、今、ご自分が食事をされる時に食べるということ、それから、美味《おい》しく食べたり、順番とかもあるわけですね。味の順番で食べたいとか、あるいはこぼさないように食べたいとか、そういったことを考えて、どういうふうにして自分の一番最適な思いにかなうような運動の動作として起こせばいいのかということを、患者さんも考えるわけです。

考えるのだけれども、そこのところで当の患者さんが考えている立ち位置と違うところで、手をテーブルに置くとか、食器の色を変えるとかをするだけでは、患者さんの側にしてみれば、今、生きている瞬間に「自分が何を考えて、何に注意して、何をしたいのか」ということ、そして、「だからそのためにこうするんだ」ということが、逆に妨げられてしまうような訓練になるかもしれないと思うんです。

だから、「まず、どうしていきましょうか」というところ、つまり患者さん自身がどこを混乱されているのかということのやりとりをしなければいけないと思います。そこは山田さんみたいに出来る方もおられますし、そこの部分に気がつかなくて出来ないまま、言われるままにどんどんやりだして、結果としてこぼすとか左側を残すということが出てくる方も多いと思うので、患者さん自身が「私はどうしたいの？　私は何が今ちょっと困っているのかな？」というところで立ち止まれるような手助けを、私たちセラピストがするべきではないかと考えています。

高橋―同じテーマを、山田さんにもお尋ねして宜《よろ》しいですか？　先ほど説明しましたが、食事する時に、左手をお盆の左側に置かれても、御本人の中では何のことなのか意味がよくわからなかったとお話しされていましたよね。受けられてきたリハビリテーションをふまえて、山田さんの方からご説明があれば、お話しして下さい。

山田―私が病院で受けたリハビリでは、左側に注意を向けるということについては、「なくしたものは左にあるのだから、左を使うように気をつけましょう」というような言われ方でした。でも、それは退院した後の生活の中では、ほぼ役に立ちませんでした。

中里さんがおっしゃったように、患者の気持ちとしては、目の前のご飯をこぼさないように上手に食べよう、見逃しが無いように全部食べようと思う時に、一番早い道は、すべて右側の意識の中で納めよう、右側でやってしまおうというように発想します。なんとなく右側全部で左をカバーしてやっていこうというのが、患者の発想ではないでしょうか。右からだったらできる、だから左からは言ってこないで、という気持ちなんです。

セラピストが左からアプローチしてくるのを非常に不快なものに感じるんです。右なら分かるのに、なぜ左からこの大事なことをやらせようとするんだという感じで、嫌な気持ちがするんです。鬱陶《うっとう》しいというか……。右側に回ってくれれば何とかなるのに、という気持ちがすごくあるので、リハ室に行く楽しみというか、リハをやるモチベーションを保ち続けるためという意味では、そんなふうにずっといやな左側から攻められるメカニズムが自分で了解できないままリハが続くと、とにかく面倒くさいからという気持ちが強くなってしまいます。現実的には、分からない方からアプローチしていくというのは、いろんな意味でマイナス面があると思うんです。それでもなおやっぱり、左からやった方がいいんでしょうか。そんなことを聞きたくなってきました。

高橋　山田さんの方から逆に質問を頂いたのですが、今、キーになったポイントは「不快感がある」というところだと思うんです。

我々はセラピストですから、山田さんをはじめ、患者さんの欠けている部分をできるだけ修復していこう、回復させていこうと考えています。それが、左が無いからといって左からばかり入力してくるということが、患者さんのモチベーションを下げてしまい、不快感を出してしまうことを、今、山田さんのお話を聞いて初めて知りました。かといって、例えば食事を右空間だけで食べられるようにするということにはあまり賛成できないのですが、私自身が感じたのは、必ず右と左の比較を前提にすることが必要ではないかということです。

分からない左ばかりから入力してくるのではなく、分かる右と分かりにくい左とが、常に比較対象となるような形で訓練を展開する必要があるのではないかと思います。特に空間の問題もそうですけれども、身体そのものも、常に左右対称であるということを教えていく必要があるのではないのかと思います。中里さん、富永さん、臨床で空間無視の患者さんをよく診られていると思いますが、何かご意見がありますか。

富永――左から声をかけるというのは、恥ずかしい話ですが学生時代の教科書に記載されていることで、できるだけ左側を向いてほしいという単純な発想から考えたものだと思います。今、山田さんのお話をお聞きして、考えながら接していかないといけないなと思いました。何気なくそういう教育を受けてきて、日頃の臨床でも、本当に分かりにくい左側、それは例えば左側の手であったり足であったりするのですが、そういうところから感覚を入力していき、どういうふうに感じているのかを聞いたりしながら、臨床展開をしています。

個人的な意見になってしまうかもしれませんが、まず左側から情報を入力してそれが少しずつ知覚することができるようになってから、右側との感覚情報と比較・照合していくというふうに実施しているのですが、分かりやすい右側というのももう少し考えていきながら、右と左の比較も考えていくべきなのかなと思いました。それはやはり、患者さん自身と対話をして、どう感じているのかを聞きながらでないとできないことだと思います。機械的なリハビリテーションではなくて、患者さんと常に対話をしながら、患者さんの考えや思考と、患者さんの回復に向けての我々の思考というものを、どこか共通した考え方、感覚というものでとらえていかなければ、半側無視というのは改善にいたらないのではないかと思います。患者さんとセラピストの思考が乖離《かいり》してしまうと、おそらくいいリハビリテーションというか、訓練として成り立っていかないのかなというふうに思います。

患者自身の「生きている経験」へ

中里――私自身は数年前に、小さい頃に左片麻痺《へんまひ》になられた女性の患者さんとすごく細かくやりとりした時に、やはり彼女から、左側に来られると嫌な感じがするというふうに言われたことがあるんです。彼女は、生活の中でも、例えば左側が壁になるようなところにいつも立っていたくなるとか、左側には人が来ないような空間を選んで立つ、あるいはバスに座るときも右に人はいてもいいんだけれど、二人席でも左に人が来てしまうようなところには座りたくないというふうに、行為そのものがそういう部分から規定されていることを教えて下さった患者さんです。

私は今は、臨床の中では、左の方に無視がある患者さんに関しては、最初は必ず右側に座り、右の方から話をするのですが、徐々に患者さんの正面に来るように、私の方が移動するようにしているんです。患者さんの方が、話をしたりいろんなことを感じていく上で、「えっ、だったらこっちもあるってことかしら」というふうに、左の手なり左の足なりに、患者さんの方が注意を向けて行った時に初めて、「そうね」ということで、「そちらに回ってもいいですか？」というふうな声かけをするということを、必ずやるようにしています。

これは、特に左の半側空間失認がないというふうにみられている片麻痺の患者さんに関しても、ほぼ全員、そういうかたちでやっています。そのうちに、例えば、「何かを持つということはイメージできますか？」というような話になった時に、患者さん側から、「そういえば、私、左手が動かないんですよ」とかいった話が出てきて、そこの局面に患者さんが立つのを待つ、という形が自分のスタンスとしては強くあります。

二単位、三単位（医療保険算定上の時間の単位のことで、一単位＝二〇分）の訓練の中では、ようやく左側に回ったところで時間が終わるということも勿論《もちろん》、初期の場合にはあります。ただ、その過程が無いと、患者さんの気持ち自体が「じゃあ、左側を見てみようかしら」、あるいは「右手があるんだから、こっちの手もどこかにあるはず。どこにあるのかしら」という方向に注意が向くということが起きないと思うので、そこは絶対にはずせないと考えています。先ほど山田さんがおっしゃられた「左の方からだと嫌な感じがする」という話は、以前にもメールで私は頂いていましたよね。その時に「すごくそうだよね」と納得したんです。

今、富永先生の方からも、共有しなきゃ、患者さんから話を聞かなきゃという話が出ましたけれども、ちょっとしたことだと思うんです。

最終的に左側に来られるにしても、最初から左に来て左手を触るのと、あなたの左手の方に回りたいんだけれど、回ってもいいですかと尋ねて、患者さん自身が左側にこの人が来るということを自分で許せるかどうかを確認した上で、セラピストが左側に来て左手を触るということでは、現象としては同じように見えても、患者さんの中に起きている経験としては、全く違う質感になることを、今、臨床の中では実感しています。そのことを再度、本当にそうなんだなと確認できたような思いです。

山田――一般的なことを申しますと、私のような障害をもっている人達の多くは、たぶん左側の存在については何となく知っているんだと思います。左側が分かっていない自分が分かっていて、それが自分の失敗の原因だと言われると思っているから、怖くて仕方がないんです。左に寄っていくと一緒に歩いている人の足を踏んでしまうのではないかとか、その先々のことが分かっていて怖いんです。なので、できれば人付き合いは右側でしたいという気持ちになって、左から何か用件を言ってくる人が重荷に感じる、というふうな感じになるのです。

高橋――よく分かります。左側が存在しないわけではなく、山田さんの頭の中に左側は存在するわけなんですね。存在の概念はあるけれど、実感のない、ご自身でも混乱している空間ではないかと想像するのですが、例えば普段、人付き合いなどをする時は、混乱した状況である左側よりも右側の世界を使ったほうがリラックスできると思います。しかし、治療場面ではそれではダメなのでしょうね。

皆さんの話を聞いて思ったのですが、例えば左側に刺激を入れる場合、声かけの時は聴覚刺激ですね。先程の、食事の時に左手を上に置くなどというのは体性《たいせい》感覚刺激で、それだけで終わってしまったら意味がないと思います。これらは感覚レベルです。知覚レベル、認知レベルというのは、また意味が違います、知覚レベルの場合は識別が求められます。認知レベルの場合は、意味づけが求められます。このように、単に感覚を入れたから注意が左に向く、というものではないと思います。もっと上のレベルと言いますか、識別であったり、意味づけであったりということが、左側から入れるとしても必要ではないのかなと思います。

それと、まったく予測ができていない状態で左から何か入ってくると異常に危機感を感じてしまうということが、今、山田さんの言葉から理解できると思います。山田さんは、左側の人の足をふんだりすることがあるかもしれないという、他人に対する心遣いではないですが、そういう未来の予測までは本当はできているわけですけれども、実際には左から入ってくる、例えば足底圧の情報がどういう意味があるのかというものが分かれば、またこういう不安も変わる可能性もあるのではないのかなと思いました。

認知運動療法による高次脳機能障害へのアプローチ

高橋――富永さんは認知運動療法の治療介入をもちいて、高次脳機能障害の方へのアプローチ、特に左麻痺の方のアプローチを行われていると思いますが、村田病院ではどのような臨床を展開されていますか。

富永――村田病院では、先ほども少しだけお話しさせていただきましたが、まず左側の身体からの感覚情報に対して、どのように注意を向けることができ、どのように情報を構築して身体をとらえているのかということを評価していきます。その際、単に感覚情報を知覚するだけでなく、その情報の違いを患者さん自身に判断していただくように課題を設定していきます。

例えば、図2は、患者さんに目を閉じてもらい高さの違いを聞いているところですが、どのくらいの高さがあるのかという感覚（体性感覚情報）を感じてもらい、一旦《いったん》記憶してもらいます。次に別の高さの物体に接触してもらうのですが、接触する前に高さが違うものを触った時にどのような感覚が感じ取れるのかをイメージしてもらってから接触してもらいます。最後に、先ほどの物と比較し、どちらが高かったのか、イメージした感覚と比べてどうであったかを尋ねていきます。また、図3は矢印の輪郭をなぞっていき、どの部分をなぞっているのか、あるいは自分の上肢で感じた軌跡から矢印がどの方向を向いているのかを聞いています。自分で感じて判断したことが正しかったのかは視覚にて確認していきます。

このような作業を通して、感覚情報同士（視覚と体性感覚）を統合し、身体を創造していきます。おそらく山田さんも月に一度、認知運動療法のリハビリをお受けになって座る練習とかをされた時に、左側のおしりの下でどういうふうに感じているのかというようなことを、よく実施されたと思います。

症例に合わせてリハビリを進めていく必要があり、山田さんのお話をお聞きして少し考えていかないといけないこともあるのですが、まず左側を意識させ、意識できるようになってから、右側との比較をするようにしています。左右の対称性や左から感じたものと右から感じたものを比べながら、右の大脳半球と左の大脳半球の連絡をつくってい

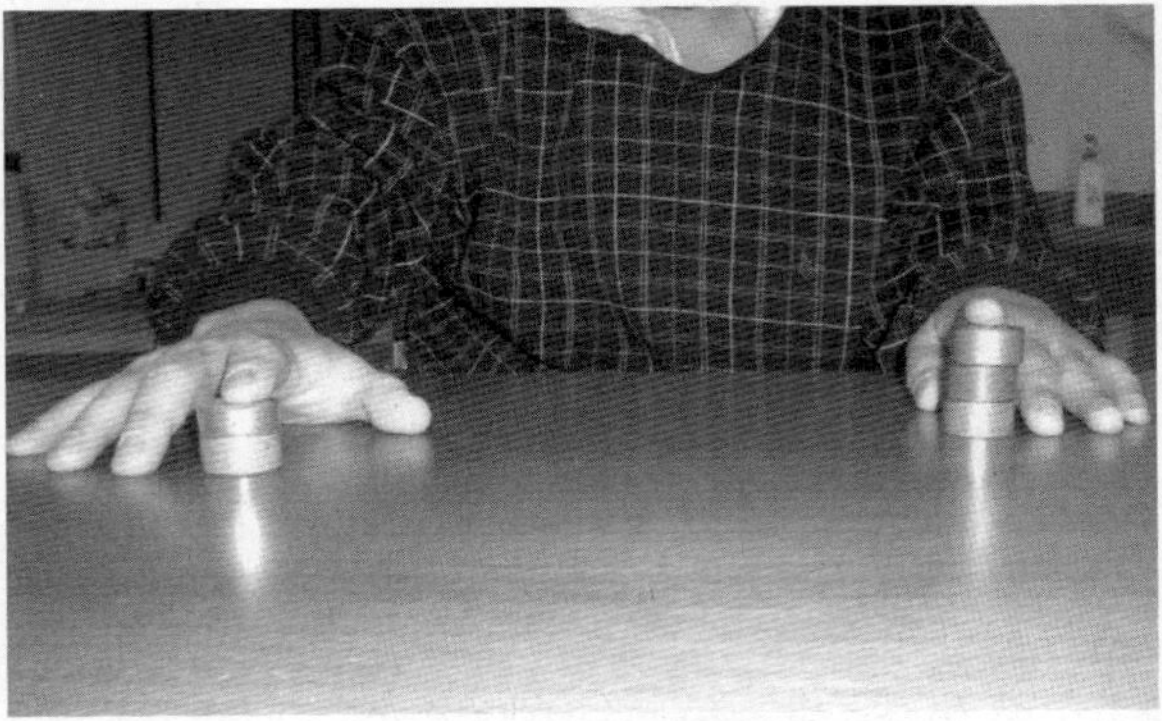

図２　高さの違いを認識させる課題

患者に目を閉じてもらい、指の下に設置した台の高さの違いを問う課題。左側だけを聞いていく場合や左右を比較する場合がある。

こういう考え方です。

なぜこういうことを行うかというと、認知運動療法の研究において半側《はんそく》空間無視が生じている患者さんは視覚的な左側空間の無視だけでなく、体の左側を無視することや感じることに障害があることが分かっているからです。図4はマネキン課題と言われるものですが、セラピストが患者さんの背中を押して、押された場所と同じところを目の前にあるマネキンの背中を指で差して答えていただく課題です。この時にも背中の左側を押された位置を答える時に間違えてしまいます。その間違い方は、実際に押された位置よりも回答する時には右側に寄ってしまうという障害です。それから、正中指示課題。これはただ単に「体の真ん中はどこですか？」というふうに聞いて、目の前にある机上に指を差す課題ですが、この課題から、真ん中と感じている位置が右側に偏倚《へんい》しているということが分かっています。

もう一つ、対称点課題。これは自分の真ん中と感じている場所から、右側にあるものを同じ距離だけ左側に移すという課題です。この課題においても、真ん中から右に設置した距離よりも、真ん中から左側に移動させると短くなってしまう。要するに、左側の空間を無視するだけではなく、何となく感じている自分の身体の左側空間を、ものすごく狭く感じているのではないかということが、上記の三つの内容から推測できます。そのために左側身体というものを作っていき、左右対称というものが身体にはあるのだと

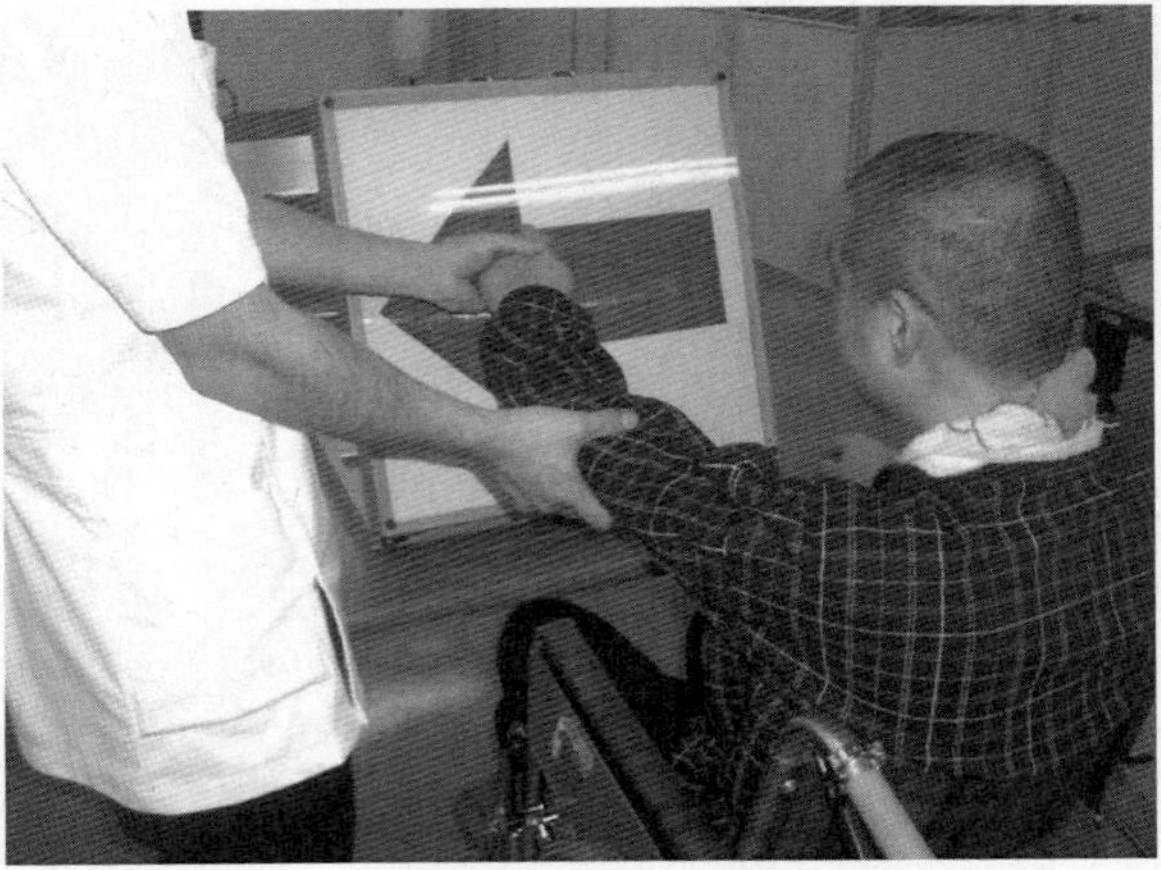

図３　上肢の運動を認識させる課題

患者に目を閉じてもらい、正面に設置した矢印の外周をなぞっていく。どの位置をなぞっているか、矢印はどこを向いていたかを問う。

いうことを教えていかなければならないのではないか、ということを考えています。

このことは普段の生活にも影響してきます。例えば、車椅子を操作している患者さんが左側をぶつけるということがありますが、そういう方に「今、なぜ車椅子をぶつけてしまったのですか?」と尋ねてみると、「自分では大きく回ったつもりでも、ぶつけてしまってから気づいた」といった返答をもらうことが多いです。要するに、何気なく感じている身体が実際は左側を狭く感じてしまっているということに気付いていないということが考えられます。

図5は左右を聞いたり、左側だけでやったりしている課題ですけれども（画用紙に空間を分割して提示した課題）、自分の左の手が左右対称に並べられた空間のどこにあるのかを聞いています。聞いた時に、例えば写真でいうと5番ですけれども、この5番に置かれた手と肘《ひじ》の、「どちらが左側にありますか?」ということを聞いたりしています。ここには我々が自分の基準をどの関節を基準にしても作れますので、そういった形で、手の位置、肘の位置がどこなのかということを聞いたりしています。そこから左手が5番と右脳で感じて判断したから、自分で右手を5番に置くという形で、左右の対称性を聞いています。

これですべてがうまくいくというわけではないのですが、こういった形で進めながらやっている段階です。

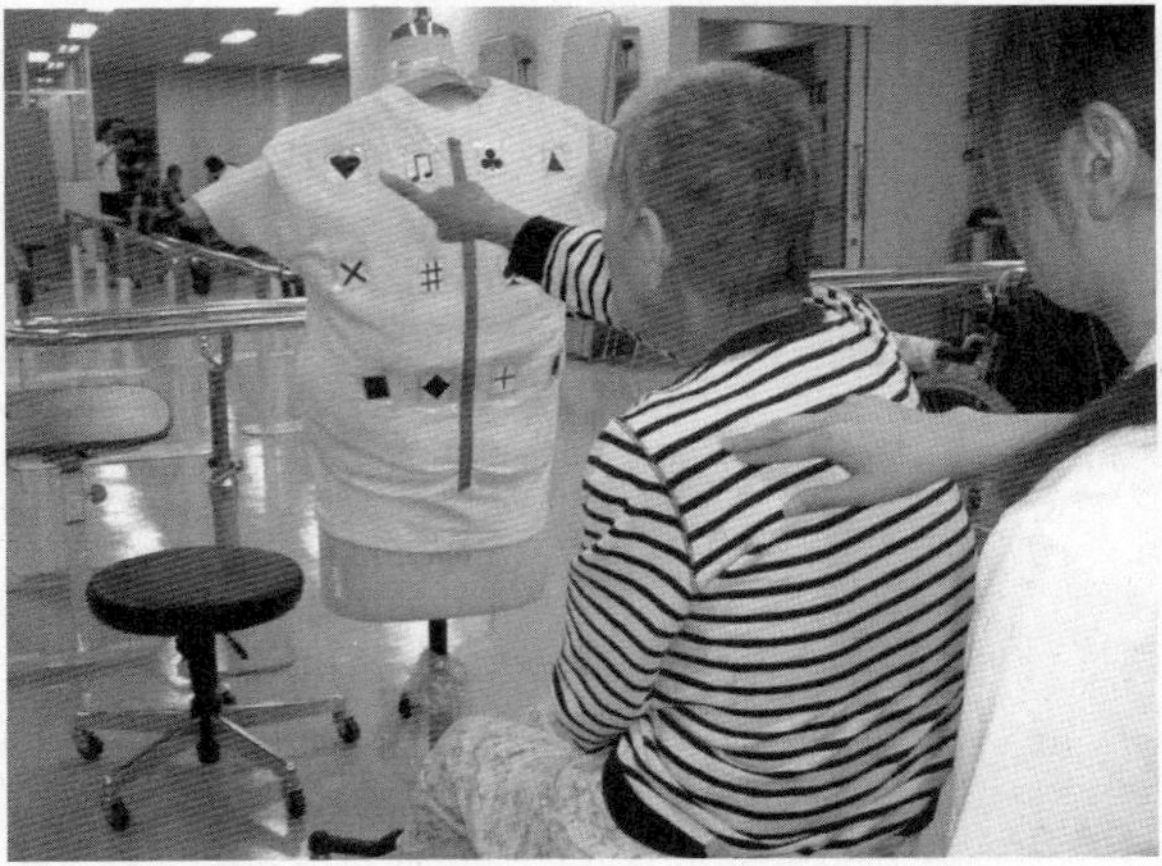

図４　体の左右対称性を認識させる課題

患者の背中を押し、どこを押されたかマネキンに指し示す課題。

図５　身体の正中を認識させる課題

左右対称に設置した数字板を用いて身体の正中を認識させる課題。患者に目を閉じてもらい、セラピストが患者の左上肢を左側空間の数字の上へ移動させる。患者は、左上肢が「何番にあるか」を身体の位置関係から推測し口頭にて回答するか、右上肢にて右側空間上の同じ数字の上へ動かすことで正解を確認する。

高橋─図4にもありましたが、左右には大きく、自分の身体の左右ということと、空間における左右の二つがあります。これは自己中心座標とか物体中心座標とか言われる形で報告されています。この二つはそれぞれ独立したものなのか、それともどのような関係性を持ったものなのかということについて、森岡さんからコメントをいただきたいのですが、よろしいでしょうか。

森岡─その前に、一つだけ……。先ほど、山田さんから「不快」という言葉が出されましたが、これはセラピストにとってすごく大事な点なので、補足したいと思います。

感覚情報というのは感覚野に上がるだけでなく扁桃体《へんとうたい》に上がり、扁桃体でも処理されます。扁桃体は好きか嫌いかを決めますので、その刺激が嫌いであれば、嫌いと記憶されます。記憶されると、そのもの自体の空間が嫌いになってしまいますから、注意自体を右から左へ解放するということはますます難しくなってきます。

そういったことが起こっていると、今度は、本当は皮質下の扁桃体や海馬だけで処理していたものが、皮質全体でも再編成されます。例えば、可塑的に右側の空間にしか向けないというような志向性が作られてしまうという現象が起こります。こう考えてみると、セラピストからの刺激によって半側空間無視が作られてしまうということも想定されるわけです。つまり、セラピストも環境の一部であるわけですから、刺激によって症状を悪化させたりすることが考えられるので、ここはセラピストとしてすごく重要な点だと私は思います。

それと、外部空間だけでなく、自己の身体を介した空間を探索していくことが極めて重要で、人間は予測が立たないものに対しては確実に不快なものとして記憶するようにできています。

先ほどの話に戻ります。自己中心座標系と物体中心座標系ですが、半側空間無視は、自分の身体を中心として左側を無視する自己中心座標系の症状と、例えば目の前にコップとペットボトルがある時に、それぞれの物体間の右左を無視してしまう物体中心座標の無視もみられます。

普段、ほとんどの症例ではこれらは混在した形で現れますが、過去に私の研究室で五八〇本程度の論文を検索した結果でいうと、物体中心座標の障害は側頭葉が責任領域であることが多く、一方、自己中心座標の障害は右半球の頭頂葉が責任領域である場合が極めて多いです。ただし、前頭葉に全部の情報が集められてきますから、限局すると前頭―頭頂連合野と前頭―側頭連合野のネットワークの問題で無視が起こってしまいます。

どうしても物体の認識は知覚に基づいた過去の記憶に由来するものですから、非常に外部刺激からのアプローチは理解しやすいのですが、頭頂葉の機能は物体の記憶というよりも身体図式の責任領域ですので、外部から刺激を与えたとしても根治しえない問題が残されているのではないかと思います。

高橋――リハビリテーションを行う時に、自己中心座標、物体中心座標へ同時に介入していく方法がいいのか、あるいは自己中心座標を作ってから物体中心座標を作っていく方法がいいのか。脳科学では、どういうことが言えるのでしょうか。

森岡――これは難しいですけれども、どちらかといえば自己中心座標系です。子どもの発達から考えると右半球から機能し始めますので、自己中心空間における近い空間からの学習であると考えます。取り立てて問題となるのは、おそらく、「半球間抑制」として知られるメカニズムが働いていることです。左脳が強く働いてしまうことで、もう片方の右脳が抑制されてしまうのです。そう考えると右、左、両方のアプローチを企てていくということが極めて重要だと思います。

“一つの身体”をどう分割するか？

高橋――次のテーマに行きたいと思います。私が山田さんのお宅にお伺いさせていただいた時に、非常に驚くべき話を伺いました。それは私の印象に強く残っているので、是非、皆さんにもご意見をお聞きしたいのです。

山田さんは、歩き始めはそうでもないらしいのですが、しばらく歩いていくと、どんどん自分の身体が右に傾いていっている気がすると言われていました。極端にいうと、地面が顔のすぐ横にあるように、そこまで自分の体が傾いているような感じがするらしいのです。その時に、葉っぱでも何でもいいのでちょっとだけ右手で何かに触れると、身体がくっと元に戻るという不思議な体験をされていたようです。

私はその話を聞いてから、今でもまだ考えているのですが、やはり、局所と全体性の話ではないかと思っています。身体にしろ空間にしろ、左からの情報入力によって左側を作ったから左側が生まれると我々は単純に考えてきたけれど、例えば、極めて右に寄っている状況で、右手で入力することによって左側の空間が出現したり、左の身体が存在したりすることがあるということも、全体性として捉《とら》えないといけないのではないかと思いました。中里さんの患者さんのことでも結構ですので、何かコメントがありましたら、お願い致します。

中里——セラピストとしては右側とか左側とか考えるべきところですが、患者さんにとっては右も左も無くて、今、感じている身体が身体として一つあるだけだと思うんです。それを右半身とか左半身とか、便宜上分けているだけで、そういうことと患者さんが自分の身体を自分のものであると感じている身体とは、また別のものであると思うんです。

例えば今の、右側で葉っぱを触ったとたんに、感覚がさっと変わるというエピソードは、私たちから見ているとちょっと不思議な感じのするエピソードかもしれませんが、でも、何かがたまたま触れたのが右側というだけであって、体に触れることによって、はっと気がつくというのは、誰にでもあることだと思うんです。

私自身は、左と右とかというよりも、左右というのは体のどこにでも作れると考えています。つまり、右手の中でも右半分と左半分は作れるし、手の中でも、例えば手の中心から見て右側半分と左側半分とかはできるはずです。だから顔もそうだと思うのですね。どんな場所にでも右と左を作ることはできるはずだと思います。もちろん前と後ろ、上と下、全部そうだと思うのですが、その時になぜだか何となく左側に無視があると、その中心を体幹の正中線というふうに決めつけて考えて、左側と右側で、その身体を自分の身体、物体の中心座標で、といったことになりがちなのですが、まず、自分の身体のどこにでも左右を作れるか、が大切なのだと思うんです。

何が言いたいかというと、正中ということが患者さんの体の中で理解できているのかどうか、ということだと思うんです。それが左側で考えると不愉快な感じがするのであれば、まずは右手の中で考えてみてもいいわけです。正中というのはどこかを基準にして半分ずつに分けるという意味だと考えると、手の正中線が認識できた時に、初めて体の正中線に展開していく次元に患者さんが立てるのでは、というふうに考えています。

その全体性という形になるかどうかはわからないのですが、例えば手の向きなんていうのは、よく作業療法であるのですが、両手を前腕中間位でテーブルに置いて、右手の手関節を掌屈して、「左手を、同じ手首の形に出来ますか?」と聞くと、「できます」といって、左手を背屈してしまう患者さんが臨床で非常に多いんです。「今、同じ感じがするのですね。じゃあ、どっちに今、動いたのですか?」と聞くと「左に動きました」とおっしゃるわけで、まさに高橋さんが言われたように、感覚から知覚までのところはいけているわけです。左に手が動いたことがお分かりになっているので、同じ形というと、左に向けられるわけですから。

ところが、私たちは普通、手首の形が同じと言ったら両方、掌屈します。つまり形としては、右手は左側に向き、左手は右側を向きます。こういうことは、どうすれば患者さんの体の中で自然に認識できるのかと考えた時に、あまり左右という言葉にとらわれないで、「自分の体の中でどっちに向かうのか?」、例えば手は体の中でどっちの向きなのかということとか、体の中心、例えば「胃が痛い」という時には体のこの辺が何となく痛いと感じるわけですが、この胃の位置は、体の空間の中のまったくの中心点のあたりにあるというように、自分たちの中で認識があります。その中心に向かうのか向かわないのかという考え方も、一つのやり方と考えています。

そういった形で見てみると、案外、患者さんが、わかるのですね。物体中心座標の方が患者さんは構築しやすいわけで、森岡さんからもお話があったように、やりやすい方に行くわけですから。ところが「内側に向かっていますか?」とか「自分の体の中心を見られますか？」といったような質問になると、「何のことか解らない」ということが初期では聞かれます。体が全体で動く場合に、全体的な内部があれば、左右というのはどこでも作られるわけですから、右耳の中で右半分と左半分と、左右を作ることだってできるわけです。それができるためには正中線、つまりある軸を起点にして両方を分けるのだという経験があるかどうか、が大事なんだろうと思います。

そのために内側とか外側とか、体の中心から離れていく方とか体の中心に向かってくる方とかという風に、認識の仕方を一緒に経験してもらうということも、全体性という意味で、患者さんにとって一つのちょっとまた違ったやり方、もしかしたらわかりやすいやり方かもしれないと思ったりもします。

高橋―患者さんの生きている世界ですね。患者さんが今、経験している世界の中を我々が摑《つか》もうとする時には、やはり言語が中心になると思うのですけれども、中里さんは特に患者さんの世界を摑むのがお上手だと思うのです。テクニックというか、いつも心掛けていることがあれば教えてほしいのですが。

中里―認知運動療法を勉強し始めて、わからないことがほとんどだということを知って、自分の経験が変わったというところがあります。それまで、知識はあったので、患者さんに対して何となくトップダウン形式で、左側を見ないから左側を勉強しましょうねという立ち位置にいた時は、患者さんがどういう世界で生きていて、どこでつまずいているのかということすらも、自分の中でよくわかっていない状態でした。

先ほど、山田さんがおっしゃられたように、左手を机に置くなんていうことは、以前、私もやっていました。それはセラピストとして狙うものがあってやっていたわけですが、それは患者さんが狙う方向には全くなっていなかったということが今ははっきりしてきています。自分が解らない状態だから、とりあえずなんでも患者さんに聞いて、どこまで患者さんの近くまで自分の立ち位置を少しずつずらしていけるのかという課題が、自分の中にはあります。

それで相当、聞きまくるのですが、その聞き方が、セラピストが患者さんに質問をして、患者さんがセラピストに回答するという図式になるとまずいというふうに実感しています。形としてはそういう形であっても、私が聞いたことが患者さんの脳の中で、「こんなことを聞かれたけれど、自分はどういうことだと思っているの？」というふうに、「前子ちゃん」が通訳に回ってくれるような形で、患者さん自身において、ある意味、一人称の対話が生まれるようにする。セラピストに聞かれたことが二人称にならないで、「実は、私自身はどう思っているの？　どう感じているの？」という会話になることが大切で、そういうふうに聞くことを心がけているつもりです。

セラピストへの願い

高橋――まだまだ吟味したいことがたくさんありますが、これまでの話を少しまとめておきたいと思います。

最初の山田さんのお話の中では、半側《はんそく》空間無視は空間の障害と捉《とら》えられがちなのですが、その原点には身体があるということがまず一つ。そして、患者さんの世界を知るためには、やはりセラピストも常に患者さんの世界を知ろうとする意思がないといけないということ。立ち位置が変わっていくという表現で中里さんが最後にコメントしていましたけれども、セラピストの方も常に一点に留《とど》まらずに、ずっと患者さんの方に寄っていけるようなスタンスに立たなければいけないということだと思います。

具体的に、高次脳機能障害に対して何をしたらよいのかというのは、こんな短時間での座談会では提示できないと思うのです。しかし、これから皆さんが目の前にいる患者さんの対応をするときに、例えば身体、例えば言語などに今以上に注意を払って、まず、高次脳機能障害者がどのような世界を生きているのかを知ることから始めていくことがスタートかなと思いました。

最後に、今日の座談会を通して、感想でもなんでも構いませんので、山田さんがどのようにお感じになったかを、教えていただけますか。

山田――先ほどの「葉っぱをつまむ」ということですが、それがどんなことか、ちょっと説明を付け加えます。私は左側の認知というのがすごく不安に感じていて、たとえ手すりがあっても、それが左にあると、それを片手で持とうとは決して思わないんです。でも、例えば、道に街路樹があって、植木が距離をおいて植わっているところがありますよね。そんな街路樹が自分の右に並んでいる時に、その植木の葉っぱをちょっと触れば、次の植木までの距離を歩いている時には、地球上の空間の中で自分が重心を保って、ちゃんと立って歩いているという感覚がぱっと蘇《よみがえ》るんです。左側とか右側というようなことを意識するのではなく、自分の全体というか、全体として自分のいる世界がぱっと分かるという感じです。そうやって右側の葉っぱを触りながら植木に沿って歩いている限り、そんな自分のことをずっと感じていられるんですね。

最後の感想ですが、リハビリをする時、患者に起こっていることはセラピストご自身の経験ではないので、それを全部分かることは難しいと思います。患者が覗《のぞ》いているファインダーと自分のファインダーを一致させるのはなかなか難しいですね。ですからそんなに気負うことはないと思いますが、私の経験から言いますと、患者が真っ先に望んでいることは、やはり自分の不安とか心配を察してほしいということだと思います。

不安とか心配や怖れというのは、とても具体的に、生々しく現実の生活とくっついていますし、患者にとっては一番身を守れない感情なんです。リハビリの原理としてこうだということも勿論《もちろん》、大事なことは間違いないですが、極端に言えば、患者の二四時間という暮らしのどこに、どんな形でその人が不安に思い、怖いと感じて、だからその人の気持ちを挫《くじ》くような体験の原因があるか、患者一人一人に対して丁寧に検証していただけるものになればいいなと思います。

オーダーメイドのリハビリと言われますが、それはとっても時間がいるし、大変なことだと思いますが、やはり究極的にはそれだと私も思います。同じ体験をするということではなくて、患者がリハビリを続けていくうえで悪い体験が起こるそのポイントを見つけ出して、そこに対応していただけるといいなと思います。結局のところは、リハビリは本人がするしかないわけですから、それがうまくやれるように助けていただきたいと思うのです。

高橋昭彦：理学療法士。高知医療学院理学療法学科勤務
富永孝紀：理学療法士。村田病院リハビリテーション科勤務
中里瑠美子：作業療法士。東京都保健医療公社豊島病院勤務
森岡周：理学療法士。畿央大学健康科学部勤務

（二〇〇九年七月四日　於：神戸文化ホール）

文庫版あとがき

私の出演したドキュメンタリー番組を見て、授業に活用したというお手紙を、ある小学校から頂きました。差出人の代表と思《おぼ》しき指導教諭が書いたのであろう手紙の説明を読むと、こんな経緯でした。

その小学校の校長先生は脳卒中による言語障害があるために、全校生徒の前で訓示を述べるときも呂律《ろれつ》が回らなかったり言葉に詰まったりすることが多く、子供たちが疑問を持ち、校長先生はどうしてあんなに話すのが下手なんだろうと噂していたそうです。

その当人の校長先生が、私の出演したテレビ番組を授業で使おうと思われたとのことで、手紙には、授業内容の報告に加えて、

「子供たちに山田さんへの手紙を書かせましたので送ります」

という一言が添えられ、複数の手紙が同封されていました。

手紙を読んでいて悲しくなったのと、私達の国の大切な子供たちにこんな教育をしているのかと腹が立ってすぐに捨ててしまったので、印象的で代表的だった内容だけを思い出して書いてみます。

「山田さんのテレビを見て、校長先生が話がしにくいわけが分かりました。校長先生も山田さんも、病気で不健康で悲しいかわいそうな人なのだと分かりました。これからは不健康で悲しい人が周りにいたら、助けてあげたいと思いました」

一つひとつはかわいらしいけれどデリカシーのかけらもない、よく言えば子供らしい、そんな手紙が山のように入っていました。

思ったことを大らかに文章にするのを変に大人が捻《ね》じ曲げてはいけないという校風なのだろうと拝察しましたが、人の気持ちが分かる人は、人にぶつける言葉も相手がどう思うかきちんと考えるもの、というところまでは言わなかったのだろうか。係の教師が面倒くさかったのでそのまま送ったのか。山田は医者で本まで書くような大人だから、子供の言葉が多少失礼でも、子供相手に怒ったりしないだろうと思ったのか……。

障害者は不健康で悲しくてかわいそうなんだから、君たちが手紙でも書いて送ってやったら、泣いて喜ぶに違いないという教師の思い付きが手に取るように分かり、それを奉仕だとか人類愛だとかを教えるいいチャンスだと思ってやったことで、子供たちはその餌食《えじき》になったのだと、容易に想像ができます。

慈愛を与えてやるというような、これぞ上から目線というやり方で弱者に接する人間を作ろうとしていることに気づいているのかどうか……。私が抗議をしても、子供はそんなことはわからないのだからと、どこまでもその無邪気さを盾にこちらを非難するのは見えているので、あえて何も言っていく気はありません。

自分たちの校長が障害があるのを見ながら育つ環境にあるのなら、子供たちは必ずその言葉が適切だったかどうかにも気づいていけるのでしょう。大人のやることがまともになっていくかどうかより、子供の育っていく力の方がよほど信じられるので、あまり心配していません。

もし今、私がその子供たちに返事を書くなら、

「おばさんは障害者で満足に出来ないこともいっぱいあるけれど、生きていることを悲しいとは思っていないし、障害のある今の自分を恥ずかしいとも思っていません。当然、かわいそうな人と思って親切にしてもらいたいとも思っていません。それに今の自分の体をとても大切に生きていて、全然、不健康じゃありません。私や病気と闘っている他の人達もみな、多くは自分をかわいそうと思っていないし、そういうことを本人に言うことの方が、本当は不健康な、非常識なことと思いますよ」

……こんな手紙になるでしょうか。

私の生まれた大切なこの国は、子供に当たり前に思いやりとか優しさとかを教えるこ

とを、ずいぶんはしょってきたんだなあと思わされることが時々あります。この間は、息子の体育祭を見に行っていて、とても大きな体格の男の子とぶつかりそうになったら、足を引きずってのろのろ歩いている私に向かって、「邪魔！」と怒鳴りました。

本文でも書きましたが、養老孟司先生のお母様で、私の女子医大の大先輩である養老静江《しずえ》先生のおっしゃった、

「教養とは人の気持ちが分かる心」

この言葉を、もう一度、繰り返しておきたいと思います。息子である養老孟司先生も同じ言葉を自著に書かれていて、教育というのはそういうことをきちんと教えるだけで十分だとおっしゃっています。

いただいた手紙は捨ててしまいましたし、何という学校だったかも忘れてしまいました。忘れることが私の脳にとっての防衛機構で、いつまでもこのストレスフルな悲しい経験が記憶に残らないように脳がしてくれているのだと思います。

＊　＊

さて、まだたどたどしい回想録であった原稿群を、最初の著作『壊れた脳　生存する知』（講談社→角川ソフィア文庫）にまとめ上げてくれた編集者が、「山田さん、そろそろ二冊目を書くわよ！」と言ってくれた時、世の中では少しずつ脳ブームなるものが現れ

始めていました。生命維持の急所で、お豆腐のように柔らかくて、何かあったらどうしようという不安をかき立てられるもの。だけど〝鍛える〟こともできて、ちゃんと鍛えればボケを予防することもできるらしい……。

「脳という臓器の向こうに世の人々が抱く謎めいたイメージは本当に様々だけれど、二冊目は、脳を壊してしまった山田さんにしか言えないこと、わからないことを綴《つづ》った、他に類を見ない本にしたい。だとすれば、脳が壊れたら大変だけど、でも、〝脳が壊れても大丈夫よ〟といえるのが山田さんのオリジナリティじゃないかしら？」

編集嬢はそんなふうに言いました。そして、脳が壊れた私の目に映る外界を、思いついたことからエッセイにしてみましょうよ、ということになり、つれづれなるままに綴っていったのが本書でした。本書の親本には、最初の『壊れた脳　生存する知』以降に出会った人、勉強したことなどもまじえ、壊れた脳がパワーアップしていく過程を、私が感じたままに書き綴っていきました。

そして、その後も私の脳は学習を続け、発刊から四年経った今も、壊れた脳は日々学習し、機能を改善し続けています。今回の文庫化にあたっては、私の脳の学習と改善の歴史とともに、私自身が高次脳機能障害について考えを深めたこと、発見したことを出来るだけ沢山、盛り込みました。また巻末には、高次脳機能障害についての脳科学的な知見やセラピストの考えと技法、そして私たち高次脳機能障害者がセラピストに望むことなどを語り合った、私とセラピストの方々との座談会の記録を収録しました。

高次脳機能障害を抱える方、その家族、友人・知人、そして医療関係、リハビリ関係の方々、一人でも多くの方の手元においていただけるよう、バージョンアップを試みたつもりです。手にとっていただいた皆さんに、「山田さんはやっぱり大丈夫だったんだね。これからもますます良くなっていくんだね」と納得していただけるよう、今後もますます学習を続ける脳でありたいと思っている著者なのです。

二〇一一年二月

山田規畝子

本書は二〇〇七年二月、講談社から刊行された単行本『それでも脳は学習する』を大幅に増補・加筆の上、改題し、文庫化したものです。

壊《こわ》れた脳《のう》も学習《がくしゆう》する

山田規畝子《やまだきくこ》

平成23年 2月25日　初版発行
平成30年 5月25日　6版発行

発行者●郡司 聡

発行●株式会社KADOKAWA
〒102-8177　東京都千代田区富士見2-13-3
電話 03-3238-8521（カスタマーサポート）
http://www.kadokawa.co.jp/

角川文庫 16705

印刷所●大日本印刷株式会社　製本所●大日本印刷株式会社

表紙画●和田三造

ISBN978-4-04-409432-4　C0170

角川文庫発刊に際して

角川源義

第二次世界大戦の敗北は、軍事力の敗北であった以上に、私たちの若い文化力の敗退であった。私たちの文化が戦争に対して如何に無力であり、単なるあだ花に過ぎなかったかを、私たちは身を以て体験し痛感した。西洋近代文化の摂取にとって、明治以後八十年の歳月は決して短かすぎたとは言えない。にもかかわらず、近代文化の伝統を確立し、自由な批判と柔軟な良識に富む文化層として自らを形成することに私たちは失敗して来た。そしてこれは、各層への文化の普及滲透を任務とする出版人の責任でもあった。

一九四五年以来、私たちは再び振出しに戻り、第一歩から踏み出すことを余儀なくされた。これは大きな不幸ではあるが、反面、これまでの混沌・未熟・歪曲の中にあった我が国の文化に秩序と確たる基礎を齎らすためには絶好の機会でもある。角川書店は、このような祖国の文化的危機にあたり、微力をも顧みず再建の礎石たるべき抱負と決意とをもって出発したが、ここに創立以来の念願を果すべく角川文庫を発刊する。これまで刊行されたあらゆる全集叢書文庫類の長所と短所とを検討し、古今東西の不朽の典籍を、良心的編集のもとに、廉価に、そして書架にふさわしい美本として、多くのひとびとに提供しようとする。しかし私たちは徒らに百科全書的な知識のジレッタントを作ることを目的とせず、あくまで祖国の文化に秩序と再建への道を示し、この文庫を角川書店の栄ある事業として、今後永久に継続発展せしめ、学芸と教養との殿堂として大成せんことを期したい。多くの読書子の愛情ある忠言と支持とによって、この希望と抱負とを完遂せしめられんことを願う。

一九四九年五月三日

角川ソフィア文庫

壊れた脳 生存する知

山田規畝子

解説＝山鳥 重

3度の脳出血で重い脳障害を抱えた外科医の著者。靴の前後が分からない。時計が読めない。そして、世界の左半分に「気がつかない」……。見た目の普通さゆえに周りから理解されにくい「高次脳機能障害」の苦しみ。だが、損傷後も脳は驚異的な成長と回復を続けた。障害の当事者が「壊れた脳」で生きる日常の思いを綴る。諦めない心とユーモアに満ちた感動の手記。

ISBN978-4-04-409413-3

角川ソフィア文庫

数学物語

矢野健太郎

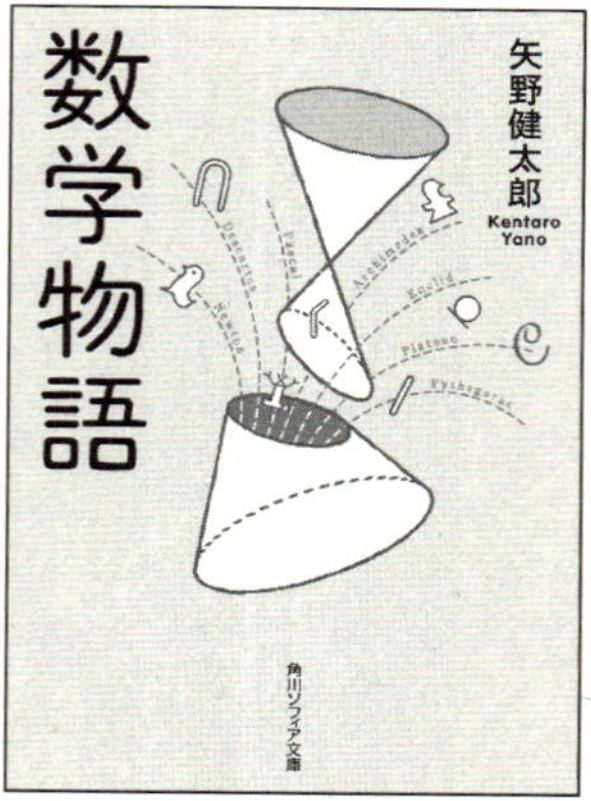

動物には数がわかるのだろうか？　また、人類の祖先はどのように数を数えたのだろう？　エジプト、バビロニアに生まれた数字の話から、「数学の神様」といわれたアルキメデス、3角形の内角の和が180度であることを独力で発見したパスカル、子供の頃は落第ぼうずと呼ばれたニュートンの功績など、数学の発展をやさしく解説。数学の楽しさを伝え続けるロングセラー。

ISBN978-4-04-311802-1